Birgit Vanderbeke
Alberta empfängt einen Liebhaber

AF185705

PIPER

Zu diesem Buch

Es ist eine alte Geschichte: Ihr Anfang liegt Mitte der Sieb-
zigerjahre, als Alberta und Nadan sich bei einem Wochen-
endausflug kennenlernen. »Make love, not war«, heißt eine
Parole der Zeit, und so küsst man sich »für den Frieden«,
»für den Vietcong«. Bis einem bange wird vor Liebe.
Als Alberta und Nadan sich in den Achtzigerjahren das
zweite Mal ineinander verlieben, brennen sie zusammen
durch. Sie wollen nach Paris, kommen aber nicht ans Ziel.
Auch die Liebe geht unterwegs verloren, weil »Männer und
Frauen Verschiedenes sehen und hören und erleben«.
Bei ihrer dritten Begegnung sind die Verhältnisse klar:
Alberta hat ihr eigenes Leben, Nadan eine Familie. Noch
einmal küsst man sich, aber nicht »für den Frieden«, viel-
leicht liebt man sich, aber nicht »bis zum Jüngsten Tag«.
Diesmal nämlich empfängt Alberta nur einen Liebhaber.

Birgit Vanderbeke, geboren 1956 im brandenburgischen
Dahme, lebt im Süden Frankreichs. Ihr umfangreiches
Werk wurde mit zahlreichen Literaturpreisen ausgezeich-
net, unter anderem mit dem Ingeborg-Bachmann-Preis
und dem Kranichsteiner Literaturpreis. 2007 erhielt sie die
Brüder-Grimm-Professur an der Kasseler Universität.

Birgit Vanderbeke

Alberta empfängt einen Liebhaber

Roman

Mehr über unsere Autorinnen, Autoren und Bücher:
www.piper.de

Von Birgit Vanderbeke liegen im Piper Verlag vor:
Gebrauchsanweisung für Südfrankreich
Das Muschelessen
Das lässt sich ändern
Alberta empfängt einen Liebhaber
Die Frau mit Hund
ich sehe was, was du nicht siehst
Der Sommer der Wildschweine
Ich freue mich, dass ich geboren bin
Wer dann noch lachen kann
Alle, die vor uns da waren

Ungekürzte Taschenbuchausgabe
ISBN 978-3-492-30388-0
1. Auflage Dezember 2013
3. Auflage Januar 2022
© 2013 Piper Verlag GmbH, München
Erstausgabe: Veröffentlicht im Fischer Taschenbuch Verlag, einem Unternehmen der S. Fischer Verlag GmbH, Frankfurt am Main, 1999
Umschlaggestaltung: Kornelia Rumberg, www.rumbergdesign.de
Umschlagmotiv: Gerhard Richter, »Betty« 1988
Druck und Bindung: CPI books GmbH, Leck
Printed in the EU

Eine Mizzebill

Kurz vor Himmelfahrt sind wir durchgebrannt.

Ende März hatten wir entdeckt, daß wir uns unser Leben lang immer schon lieben und geliebt haben, von Anfang an und bis zum Jüngsten Tag.

Es war nicht das erste Mal, daß wir diese Entdeckung machten, wir machen sie alle drei, vier Jahre, und was wir danach machen, ist sehr anstrengend und richtet gewaltigen Schaden an, und nach einer Zeit sind wir nicht mehr sicher, daß wir uns schon immer geliebt haben, und halten es für den fatalen Irrtum unseres Lebens, je geglaubt zu haben, wir könnten uns auch nur fünf Minuten gefahrlos in ein und demselben Raum beide gleichzeitig aufhalten, ohne daß irgendein Unglück passiert, aber eines Tages sind wir tatsächlich durchgebrannt, weil wir festgestellt hatten, daß man einer so großen Liebe wie unserer irgendwann einmal nachgeben muß, man kann sie nicht dauernd bekämpfen. Wir hatten dieser großen Liebe schon mehrmals versuchsweise nachgegeben und sie nach jedem Nachgeben mit all unserem Restverstand und allen verbliebenen Kräften bekämpft, weil es eine von diesen Lieben ist, die einen leicht erledigen können, wenn man sich nicht mit Händen und Füßen dagegen wehrt, aber sie ist alle paar

Jahre hartnäckig wiedergekommen. Wie eine Heuschrekkenplage. Irgendwann waren wir müde, vielleicht auch ein bißchen unaufmerksam, weil wir erschöpft davon waren, uns dauernd dagegen zu wehren, um dann für zwei, drei Jahre halbwegs in Ruhe leben zu können, unsere Arbeit zu machen, unsere Wohnungen einzurichten, und hinterher ist das alles vergebens, weil die Heuschreckenplage darüber herfällt und es in kürzester Zeit frißt und verdirbt und verwüstet. So groß diese Liebe ist, so gewaltig ist ihr Appetit, und sie hat selten länger als höchstens ein Vierteljahr gebraucht, um unsere Leben, Arbeiten, Wohnungen ratzeputz kahlzufressen, meistens brauchte sie kaum vierzehn Tage, um uns zu ruinieren. Ich glaube, wir waren es leid, und so sind wir darauf gekommen, daß wir durchbrennen sollten. Wir haben gesagt: Das ganze Elend besteht darin, daß wir uns immer wehren. Wir machen es diesmal andersherum: Wir nehmen die Liebe nicht nur versuchsweise und unter Vorbehalt, sondern unbedingt umfassend absolut an. Angesichts dessen, was wir mit dieser Liebe hinter uns hatten, schien uns, als hätten wir keine Wahl.

Nadan hatte ein Auto, und ich hatte keines, also wollten wir zum Durchbrennen sein Auto benutzen. In Frage kamen Amsterdam, Kopenhagen, Paris. Im Mai wollten wir durchbrennen, und im April fingen wir an, uns zu streiten, weil ich für Paris war. Nadan dachte, ich will nur nach Paris, um ihn zu ärgern, weil er kein Französisch kann, um Überlegenheit zu beweisen und mir Terrain zu sichern, und ich dachte, er will nur nach Amsterdam, weil er weiß, ich mag Holland nicht so gut leiden. Kopenhagen kannten wir beide nicht, es war also neutrales Gelände, aber ich stellte es mir ungefähr so vor wie Holland.

– In Holland hängen an allen Fenstern halbe Gardinen genau bis zur Mitte der Scheiben, habe ich gesagt, es ist kein gutes Land, wenn du durchbrennen willst. Ich bin sicher, sie sind halblang, damit man von draußen die Topfpflanzen sieht; das Land ist nicht nur voll mit Tulpen, sondern dann sind da überall auch noch Fleißige Lieschen, Christsterne und Hyazinthen. Um Topfpflanzen zu sehen, muß ich nicht durchbrennen, da kann ich genausogut bleiben.

Nadan hat gesagt: In Paris ist es dreckig, alle Hotels sind voll Kakerlaken, und die Métro stinkt unerträglich.

Ich fand es häßlich, daß er mein Lieblings-Paris beleidigt. Ich habe in Paris noch nie eine Kakerlake gesehen; na ja, so gut wie noch nie. Ich habe Ratten gesehen und halbwilde magere Katzen, selten einmal eine Kakerlake. Aber Nadan bestand trotz der Blumentöpfe auf Amsterdam und fing an zu erzählen, wie er nächtelang in einem Pariser Hotel Kakerlaken gejagt und erschlagen hatte, und ich mußte lachen, weil es eine von seinen Bettina-Geschichten war, in denen es aus irgendeinem Grund oder zu irgendeinem Anlaß romantisch zugehen sollte, und immer, wenn es romantisch zugehen soll, tut es das gerade nicht, schon ganz bestimmt nicht mit Nadan. Ich konnte vor mir sehen, wie Nadan im Schlafanzug seinen Pantoffel unterm Bett hervorzieht und sich damit bewaffnet, heilfroh, seine dunkle Erbitterung gegen das Ungeziefer wenden zu können, und wie er Nächte damit verbringt, Kakerlaken zu morden und einen bräunlichen Fleck nach dem anderen auf die Tapete zu machen.

Ich muß manchmal lachen, wenn ich so etwas vor mir sehe, aber Nadan dachte, ich lache ihn aus, und wurde ein biß-chen empfindlich, weil dies alles schwerwiegend war, es ging schließlich rückwärts und vorwärts ums ganze Leben, und immer wenn es ums Leben geht, ist man besonders empfindlich.

Diese Empfindlichkeit ist das eigentlich Schwierige beim Durchbrennen. Man wird sehr leicht wütend oder, was noch viel schlimmer ist, traurig. Jedenfalls ist nichts zu la-chen dabei.

Das Durchbrennen schien einen Moment lang nicht mehr so logisch und zwingend wie kurz zuvor, als es ein rein abstraktes Durchbrennen gewesen war ohne Richtung und Ziel und Bleibe. Aber nun hatten wir uns entschlos-sen, uns schon unser ganzes Leben lang geliebt zu haben, und dahinter kann man nicht gut zurück und plötzlich zögern, bloß weil man sich nicht darauf einigen kann, wohin.

Es war mir dann aber auch recht, nicht nach Paris zu fahren und dort womöglich mit dieser Bettina-Geschichte zu tun zu bekommen, die zwar danebengegangen, aber doch im-merhin im Ansatz versucht romantisch gewesen war. Gerade danebengegangene Geschichten hören bekanntlich nicht auf, einem immer wieder dazwischenzufahren.

Zuletzt haben wir gesagt: Durchbrennen ist ein Abenteuer und keine Urlaubsreise, die man mit Katalog und Prospekt ein halbes Jahr vorher plant. Das Wichtigste ist das Datum, alles weitere wird sich finden, und das Datum hatte von vornherein festgestanden, weil es bestimmt war durch Himmelfahrt und bewegliche Feiertage und Überstunden bei Nadan, die etwa bis Pfingsten reichten.

Ich wäre lieber jetzt gleich im April durchgebrannt, weil ich Angst hatte, bis Himmelfahrt überlege ich mir die ganze Angelegenheit noch einmal etwas genauer, und dann komme ich darauf, daß sie völliger Blödsinn ist, weil man nur durchbrennen muß, wenn man dafür einen Grund hat, und wir hatten keinen. Zum Durchbrennen braucht es mindestens einen Feind, noch besser zwei oder gleich eine ganze feindliche Welt. Mindestens ein Gesetz, das man brechen könnte.

Weit und breit war kein einziger Feind zu entdecken. Nicht einmal zu erfinden. Kein bissiger Ehepartner, überhaupt keine Ehe, die wir mit Durchbrennen hätten brechen können, kein Verbot, wir waren auch nicht verfolgt, nicht einmal paranoid und längst nicht mehr minderjährig. Wir hatten jeder auf seine Weise ein Leben, eine Arbeit, eine Wohnung, Nadan hatte sogar schon sein Haus, und bis Himmelfahrt würde er sich die Sache auch nochmal überlegen und auch darauf kommen, daß sie Unfug wäre, weil Nadan uns beide genauso durchschaut wie ich und wir uns beide kennen und natürlich beide wissen, daß von allen danebengegangenen Geschichten unsere miteinander die danebengegangenste ist, und zwar schon von Anfang an und daher für alle Zeit bis zum Jüngsten Tag. In unseren Leben ist unsere Geschichte gewissermaßen die Urgeschichte aller danebengegangenen Geschichten. Daher auch fährt sie uns immer wieder dazwischen. Indem diese danebengegangene Urgeschichte uns immer wieder dazwischenfährt, geht jede Folgegeschichte daneben. Wenn man sich selbst die Heuschreckenplage ist, kann Durchbrennen auch nicht nützen.

– Wenn wir ein klein wenig mehr vom Küssen verstanden hätten, hat Nadan später einmal gesagt, als er ratlos war, weil wir gerade gemerkt hatten, daß rückwirkend küssen nicht geht. Auch dann nicht, wenn man etwas davon versteht. Dann schon gar nicht.

Wenn wir mehr davon verstanden hätten, hätten wir es wahrscheinlich eine Zeitlang gemacht, und dann wären wir in schönster Eintracht auseinandergegangen, statt uns immer wieder dazwischenzufahren. Auseinandergehen ist etwas anderes als Danebengehen. Das reinste Idyll dagegen.

Ich fand, er hätte wissen müssen, wie Küssen geht, weil er kurz vor dem Führerschein stand. Wir hätten es im Grunde beide wissen können, weil es, als wir jung waren, einfach jeder wußte und alle kreuz und quer durcheinanderküßten. Es sollte gut gegen den Vietnamkrieg sein, und weil alle gegen den Vietnamkrieg waren, wurde sehr viel geküßt, und schließlich schien es zu helfen, irgendwann war der Krieg zu Ende, und als er zu Ende war, ließ man es wieder sein. Ich war auch gegen den Vietnamkrieg und hätte nichts gegen Küssen gehabt, aber Nadan küßte nicht, und ich wollte nicht ohne Nadan.

Man konnte leicht in den Verdacht kommen, den Vietcong zu verraten und heimlich ein Imperialist zu sein.

Es war eine schwierige Zeit. Ich ging in Fellini-Filme und merkte, wie mager ich war. Dann waren Stadtmeisterschaften, und alle fuhren vorher ins Trainingslager. Ich war knapp unter der Altersgrenze, aber ich konnte schnell starten. Für Kurzstrecke würde es reichen. Also durfte ich mit. Nadan wurde später Stadtmeister im Zweitausend-Meter-Lauf. Ich hatte etliche Fehlstarts, und danach stolperte ich über die Hürde und verlor dabei auch noch das Staffelholz.

Vorher waren wir eine Woche im Trainingslager. Wir spielten Pingpong, fanden Abkürzungen für den Trimmpfad und beschummelten die Stoppuhren; es gab Vierfruchtmarmelade und Schinkennudeln und jeden Tag Hagebuttentee, an den Abenden gingen wir in die Kneipe im nächsten Ort und tranken Bier, und am nächsten Tag war uns schlecht. Alle küßten, und weil sie ausprobieren wollten, wie Küssen im Dunkeln ist, wenn man nicht sieht, wer nun wen erwischt, sind wir auch einmal nachtgewandert.

Es war eine kühle Nacht. Der Mond schien, man konnte genau sehen, wer wen erwischt hatte, und dann sind wir wieder zurückgegangen.

Plötzlich wurde es aber tatsächlich finster, der Mond war weg, die Sterne waren weg, und ich fiel in eine Grube. Sie war etwas tief und vor allem etwas naß. Weil Nadan hinter mir ging, fiel er auch hinein. Danach kam keiner mehr. Ich hatte erst Lust zu schreien, weil Mädchen im Dunkeln schreien, wenn sie in eine Grube fallen, und auch sonst manchmal, aber es hat mich nicht überzeugt, weil ich mir nichts gebrochen oder geprellt hatte, und als Nadan auch in die Grube gefallen kam und sonst weiter keiner nach ihm, waren wir so dicht über- und unter- und aneinander, daß mir schien, als ob wir uns küssen sollten, wo es sich schon einmal so ergab. Manchmal habe ich ein Gespür dafür, wenn etwas geradezu klassisch ist, und nach meinem Gespür war dies hier klassisch, aber wir waren nur naß geworden, rückten voneinander weg, brauchten einen Moment, um aus der Grube zu klettern, und gingen weiter.

Es war der Abend unserer großen Chance. Wir hatten nicht nur diese eine Chance, sondern gleich eine ganze Serie, eine ganze Nachtvoll Chancen, weil wir nach dem Grubenfall und Herausklettern die anderen verloren hatten und danach wunderbarerweise auch noch den Weg nicht mehr fanden, und besser kann es schon gar nicht mehr kommen.

Wenn ich uns sehe, ist später dann wieder ein Milchmond dabei, und die Sterne sind wiedergekommen. Nadan sieht alles stockfinster. Immerhin haben wir uns irgendwann einmal darauf einigen können, daß wir zuletzt etwa die halbe Nacht auf einer umgefallenen Fichte saßen. Und saßen. Und immer noch weitersaßen. Und sitzen noch. Bis zum Jüngsten Tag. Immer auf dieser Fichte.

Es gibt Momente, in denen das Leben plötzlich anhält, weil es sich verschluckt hat. Es verschluckt sich, hält an und hält die Luft an, es hält eine ganze Weile die Luft an und weiß nicht, wie es weitergeht, und schließlich atmet es aus, und bis es wieder den Rhythmus findet, könnte man denken, daß es vergessen hat, wie es sich atmet, aber dann atmet es wieder durch und geht weiter. Aber es hat einen Moment lang angehalten, und etwas bleibt verschluckt und in den angehaltenen Augenblick eingesperrt, es bleibt zurück und kann nicht mehr aus dem Moment heraus und mit dem Leben mit, wenn es durchatmet und dann weitergeht.

Ich sehe Nadan im Mondlicht sitzen, und Nadan sieht nichts in der Dunkelheit.

Das Verschluckte und Eingesperrte wird natürlich nicht älter. Es bleibt da sitzen, kurz vor der Altersgrenze, kurz vor dem Führerschein, und klüger wird es so auch nicht.

Das, was weitergeht, wird allerdings unweigerlich klüger: und etwas, was ich seit dem Abend weiß, ist, daß man nicht lange schweigend herumsitzen darf, wenn man küssen möchte; entweder man küßt beherzt einfach gleich drauflos, auch wenn es einem komisch vorkommt, oder man macht etwas anderes, aber schweigend herumsitzen sollte man möglichst nicht. Sobald man anfängt, eine längere Weile schweigend herumzusitzen, verliert man unweigerlich die Entschlußkraft, die man zum Küssen braucht, und das gesamte Kußvorhaben erscheint einem nicht mehr unumgänglich und unvermeidlich, nicht einmal passend, sondern zunächst unpassend und zweifelhaft, später anrüchig und schließlich leicht unappetitlich. Man mag nicht mehr, selbst wenn man vorher sicher war, daß man mögen würde. Bei schweigendem Herumsitzen fängt man nämlich an zu denken. Und dabei fällt einem auf, daß man eigentlich nicht versteht, warum man jemandem, den man gern mag, weil er Nadan ist und Nadans Stimme hat, Nadans leisen Dialekt und Nadans kluge Augen, warum bloß man so jemandem, den man tatsächlich besonders gern mag, mit der Zunge in den Mund fahren soll, wo die eigene Zunge und der andere Mund voller Spucke sind, und daß Spucke unappetitlich ist, weiß ja jeder, aber mit fünfzehn Jahren weiß man es womöglich besser und genauer und unerbittlicher als jeder.

Küssen kam mir beim Herumsitzen und Darüber-Nachdenken allmählich zudringlich und pervers vor.

Je mehr man schweigend nebeneinander herumsitzt und denkt, um so weniger mag man.

Es ist so. Man mag einfach nicht mehr. Es kommt vom Denken. Man wird allmählich sogar ein bißchen aufgebracht gegen den anderen, nur weil er da ist. Es ist lästig, daß er da ist. Wenn man lange in nassen Schuhen im Wald auf einer umgefallenen Fichte sitzt, fängt man außerdem an zu frieren, man hat kalte Füße und Hände und eine rote Nasenspitze, die Nadan aber nicht gesehen haben kann, weil er sagt, die Szene war ohne Mond und stockfinster, und ich habe sie nicht gesehen, weil ich den Waldboden mit dem Milchmondschimmer darauf betrachten und langsam darüber nachdenken mußte, wie ich auch nur halbwegs mit Anmut aus dieser nächtlichen Schweigesitzung herauskommen könnte, ohne am Ende noch küssen zu müssen.

Schweigen kann sehr verschieden sein, und wir haben seit diesem Erstschweigen auf der umgefallenen Fichte viele Folgeschweigen ausprobiert, mit- und gegeneinander, erschöpfte, explosive; manche Schweigen pochen an die Stirn und lassen Nadans Augen verschwimmen; Blödigkeitsschweigen gibt es und endlose Telefonschweigen, von denen einem die Seele gerinnt; aber dieses Urschweigen mit Milchmond auf der umgefallenen Fichte war anders als all die späteren Sorten, die wir ungefähr so gelernt und uns übersetzt und benutzt haben wie eine Taubstummensprache. In jeder danebengegangenen Geschichte gibt es ein geheimes Schweige-Glossar, und wenn eine Geschichte so wie unsere danebengeht, bis zum Jüngsten Tag, ist das Schweige-Glossar riesig, geradezu enzyklopädisch, aber das Urschweigen gehörte noch nicht in dieses Schweige-Glossar hinein; es war ganz ohne Bedeutung, nur klumpig, und ich brauchte dringend eine Zauberformel, um elegant aus der Sache herauszufinden, aber mir fiel lange keine ein, weil das Leben angehalten hatte.

Dann atmete es aus.

Es mußte den Rhythmus erst finden.

Dann fiel mir eine Formel ein, die vielleicht noch nicht ganz die gewünschte Zauberkraft hatte, aber doch schon höchst elegant war: »Lieben Sie Brahms?« Es war der Titel eines Buches, das ich gerade gelesen hatte, und sowohl das Buch wie auch ganz besonders der Titel waren mir äußerst gelungen erschienen, aber nachdem ich ihn zur Probe ein paarmal stumm vor mich hingedacht hatte, klang er nicht mehr so elegant, eher geschwollen, und paßte dem Stil nach nicht so recht in den Wald. Außerdem würde sich Nadan wundern, wenn ich ihn plötzlich siezte. Ich versuchte also, ihn ins Du zu übersetzen, aber dadurch wurde er eher noch schlimmer: Liebst du Brahms? Das quietscht und hat keinen Schwung, und außerdem hätte ich die Zauberformel vorsichtshalber lieber ohne Liebe gehabt, weil Nadan von Liebe vielleicht auf Küssen kommen könnte, und das war unbedingt zu vermeiden. Salopp und souverän hätte ich natürlich sagen können: Magst du Brahms? Es wäre stilistisch vielleicht gegangen. Nur ist Brahms nicht wie Hinz und Kunz oder Himbeereis, man kann über Brahms nicht sagen, mag ich oder mag ich nicht, Brahms ist groß und tot und längst über jegliches Mögen erhaben, man kann darüber streiten, ob er zu schnell gespielt werden darf oder nicht oder ob man die Hälfte der Instrumente weglassen kann oder noch welche dazutun müßte, aber man beleidigt Brahms und blamiert sich, wenn man ihn mit Mögen oder Nichtmögen verbindet.

Wir hatten mittlerweile schon so lange schweigend herum-
gesessen, daß der nächste Satz nun von Gewicht sein
würde. Er würde senkrecht und scharf in dieses kalte,
klumpige Schweigen fallen, es zerteilen und hindurchfal-
len und unten auf dem Boden aufkommen mit einem
Schlag oder Knall, und danach würden wir erlöst sein vom
Herumsitzen und vom Küssenmüssen, das Leben würde
weitergehen, wir würden den Weg schon irgendwie wieder finden, und beim Gehen würden die Füße und Hände
warm und nachher im Bett auch die Nasenspitze. Deswegen war der Zaubersatz wichtig, während Nadans Verhält-
nis zu Brahms mich nicht so sehr interessierte, aber weil der
Satz wichtig und gewissermaßen historisch war, beschloß
ich, daß Brahms seiner Größe und seines Totseins halber
ruhig darin vorkommen dürfte.

Seit ich sprechen kann, leide ich unter stilistischen Sorgen,
und nachts im Wald eine Zauberformel gegens Küssen mit
Nadan finden zu müssen, ist gewissermaßen die stilistische
Sorge schlechthin. Ich wurde davon sehr müde.

Irgendwann kam mir, weil das Leben weitergehen würde
und ich ins Bett und nur noch schlafen wollte, eine Einge-
bung, in der die Größe von Brahms sich mit meiner eigenen Souveränität auf milchmondhaft ideale Weise salopp
und graziös zusammenfand. Ich hätte weinen mögen vor
Schönheit und Eleganz und Gelingen und Müdigkeit und
kalten Füßen, und Nadan hat später gesagt, er hätte meine
Stimme sonderbar schlucken hören und es beunruhigend
und bizarr gefunden, daß wir im Wald herumsitzen und so

lange nichts sagen, bis man gar nicht mehr weiß, was man sagen könnte, und dann sage ich mit verschluckter Stimme: Wie findest du eigentlich Brahms?

Damit hatte er nicht gerechnet. Tatsächlich tat der Satz ganz genau, was er sollte: Er fiel senkrecht mitten ins Schweigen hinein, einmal durch und bis ganz unten runter und schlug mit einem unangenehmen Geräusch unten auf. Er schepperte.

Nadan sagte: Die Stones mag ich lieber.

Danach sind wir gegangen. Bis ich im Schlafsaal war, wurde es langsam hell, und ich hatte noch anderthalb Stunden Zeit, mich zu schämen.

Am nächsten Abend machten wir Feuer, weil es der letzte Abend war. Seit es das Feuer gibt, machen alle Jugendlichen immer an letzten Abenden Feuer, und alle Mädchen ziehen sich schön an und waschen sich vorher die Haare, und als ich mit nassen Haaren, meinen schönsten Hochwasser-Jeans und dem rosa Männerhemd, das ich meinem Vater aus dem Schrank geklaut hatte und das mir bis auf die Knie reichte, auf den Platz komme, wo das Feuer noch nicht richtig brennt, sehe ich Nadan auf dem Boden vor einem Stuhl hocken oder knien, auf dem Stuhl sitzt eine Bettina und schreit ein bißchen, ungefähr wie Mädchen schreien, wenn sie in eine Grube gefallen sind und auch sonst manchmal, und Nadan macht etwas an und mit ihren Füßen oder Knöcheln oder Waden oder Knien, jedenfalls Beinen und sieht nicht, wie ich komme, weil er mit Beinen befaßt ist. Was hat Nadan vor Beinen zu knien und mit einer Wichtigkeit daran zu machen, daß er nicht einmal hoch- und mich kommen sieht, wo meine Haare fast schon trocken sind und ich so schrecklich schön angezogen bin, daß ich mich beinah selbst schön finde?

Das Feuer brannte noch nicht sehr, weil alle von der Nachtwanderung gestern noch müde waren und keiner Lust hatte, Holz zu sammeln. Und als er hochschaut, sieht Nadan, wie ich, ohne zuvor zum Feuer zu kommen und ohne ihn zu grüßen, wenigstens mit den Augen zu grüßen, wehenden Hemdes neben Rudi in den Wald gehe und verschwinde. Er hat dann den Verband nur schnell fertig gewickelt, er hat sowieso nicht geglaubt, daß der Knöchel gebrochen war, nicht mal an eine Prellung, und ist dann eilig hinterher in den Wald gegangen, um mit uns Holz zu sammeln. Aber als wir mit dem Holz aus dem Wald kommen, sehe ich Nadan auf dem Boden sitzen, und daneben, und zwar jetzt auch auf dem Boden und gegen Nadan geneigt, an ihn angelehnt sozusagen, sitzt immer noch diese Bettina. Das Feuer brennt jetzt, aber so ein Feuer braucht viel Holz, und im Laufe des Abends wird klar, daß weder Nadan noch ich Imperialisten sind, sondern eindeutig für den Vietcong. Für den Frieden.

Kurz darauf ging Nadan zur Marine, während die anderen vom Kampf gegen den Imperialismus prophylaktisch asthmatisch wurden und reihenweise Meniskusschäden und ärztliche Atteste bekamen.

Ich ging in Fellini-Filme, um irgendwie über die Altersgrenze zu kommen, und meistens ging Rudi mit, und dann
gingen wir in Buñuel-Filme und in Bertolucci-Filme. Ich
lernte Bier trinken, ohne daß mir schlecht davon wurde,
und später fand Rudi eine Wohnung. Wir strichen die
Wände blau und grün, und danach half ich ihm, seine
Sachen von zu Hause dorthin zu tragen, und er half mir,
meine Sachen von zu Hause dorthin zu tragen, und als
alle Sachen dort standen, war es kein bißchen richtig, obwohl wir uns immer vertragen hatten. Ich heulte eine
Weile und sagte: Ich will wieder nach Hause. Rudi sagte:
Gehen wir was trinken. Wir gingen in eine Kneipe und
tranken so viel Bier, daß ich nicht mehr wußte, wovon
mir schlecht war.

Schließlich fingen wir an, dort zu leben und es in Ordnung
zu finden, daß es so war. Wir arbeiteten ein bißchen und
studierten anfangs ein bißchen und später dann mehr und
mehr und gewöhnten uns daran, daß wir so lebten und
abwechselnd kochten und saubermachten und die Wäsche
immer gemeinsam zum Waschsalon brachten.

Bis Nadans Militärzeit herum war, hatte Bettina auch so
eine Wohnung gefunden, sie hatte auch die Wände farbig
gestrichen, und als Nadan einzog, wurden nach und nach
alle Bekannten eingeladen zum Ersatz für eine Verlo-
bungsfeier. So kam es, daß wir eines Tages in ihrer Küche
saßen. Wir waren verlegen, taten förmlich, aßen Nudelsalat und tranken Kaffee aus Bettinas Sammeltassen.

Alle neuen Wohnungen sind trübsinnig, aber am trübsinnigsten sind sie, wenn man jung ist und zusammenzieht und so tut, als gehörte man zusammen und in eine gemeinsame Zukunft hinein, obwohl das Zusammengehören nicht stimmt und das Gemeinsame an dieser Zukunft genau das ist, was man fürchtet und was einen drückt und woran man nicht gern denken möchte. Paarweise taten wir, als hätten wir demnächst unsere silberne Hochzeit.

Dann wollte ich rauchen und fragte nach einem Aschenbecher. Nadan raucht nicht, und Rudi raucht auch nicht, aber ich, und jedenfalls gab mir Nadan zwar keinen Aschenbecher, aber eine Untertasse. Wir redeten weiter lustlos über alles mögliche, und im Grunde ist es eine Schande, an wieviel dummes Zeug man sich lebenslänglich erinnert, aber so ist es: Nadans nagelneuer weißer Papagei war heute früh weggeflogen; es ist komisch, daß man sich lebenslänglich daran erinnert, lästig im Grunde, weil man weiß, daß es wirklich nichts Wichtiges ist, aber die Erinnerung hält sich nicht daran, ob etwas wichtig ist oder nicht, sie macht sich Geschichten genauso aus Rand-Details wie aus wichtigen Dingen. Die Straßenbahnfahrkarten waren teurer geworden, und wir redeten erst über den Papagei, dann über die Straßenbahnpreise und schließlich darüber, ob es Nötigung sei oder Notwehr, wenn sich Menschen auf die Gleise setzen, um den Straßenverkehr zu stoppen und auf die Art womöglich die Fahrkartenpreise zu senken, überhaupt redeten damals alle über passiven friedlichen Widerstand oder vielleicht lieber doch mit Waffen. Rudi war allein schon deshalb gegen den bewaffneten Widerstand, weil er keiner Fliege etwas zuleide tun konnte. Ich fing an zu rauchen. Es war weiter gar nichts dabei, außer daß Bettina mit großen Augen auf meine Zigarette starrte und staunte, daß jemand hier rauchte, wo sie selbst zum Rauchen immer ins Treppenhaus ging. Sie holte sich auch ein Paket Zigaretten und sagte unsicher: Wenn Besuch ist, ist eine Ausnahme. Sie fragte nicht in Nadans Richtung, sondern sagte es zu sich selbst. Offenbar war es ein Fall, für den es noch keine Regeln gab. Nadan sah sie an und sagte: So? Es sah aus, als würden sie sich gleich streiten. Nadan hat so eine ganz gewisse Art: So? zu sagen, die gar nicht feindselig ist, aber sobald man einmal dieses So? gehört hat, weiß man, gleich gibt es Streit oder mindestens Tränen auf der anderen Seite.

Es ist unangenehm, wenn man bei Leuten zu Besuch ist und sie anfangen, sich zu streiten, und man selbst ist auch noch der Anlaß, indem man unerlaubt raucht, weil man nicht weiß, daß hier nicht geraucht wird oder zumindest bis zur Stunde ungeklärt ist, wer unter welchen Ausnahmebedingungen wo rauchen darf und wer dafür ins Treppenhaus muß.

Bettina sagte: Aber sie darf, oder wie ist das? Wieso sie und nicht ich?

Am liebsten hätte ich das auch gefragt. Wieso sie und nicht ich?

Nadan sagte: Weil sie eine Mizzebill ist.

Ich wußte nicht, was eine Mizzebill ist. Ob es so etwas gibt.

Rudi sah auch nicht so aus, als ob er es wüßte. Es klang nicht wie ein Name, sondern eher wie eine Gattungsbezeichnung, wie eine ganze Sorte von etwas, ein Volksstamm, eine Sekte, eine Geheimverschwörung, aber ich war kein Mitglied nirgends und aus der Kirche längst ausgetreten. Für Bettina klang es vielleicht, als ob es eine Vergünstigung sei oder ein Privileg, etwas mit Ausnahmestatus, weil man dann rauchen darf, und mir wurde unbehaglich, ich war sicher, gleich gibt es Tränen, Krach und bewaffneten Widerstand, der immer in der Luft liegt bei Förmlichkeit. Außerdem war Bettina schuld an dem Papageien-Malheur heute morgen gewesen; wir hatten es uns schon anhören und den leeren Käfig anschauen müssen, in dem der Papagei aber sowieso nie gesessen hatte, weil er viel zu verstört war und, seit sie ihn angeschafft hatten, verschreckt in Bettinas Zimmer unterm Doppelbett gesessen hatte und nur nachts, wenn es still war, zum Fressen rausgehüpft war. Bettina hatte am Morgen das Fenster aufgemacht und nicht gedacht, daß er auch zum Wegfliegen rauskommen könnte, aber er konnte, und weg war er, und Nadan hatte schon ein paarmal gesagt: Wegen deinem albernen Bettenlüften sind meine achthundert Mark zum Fenster hinausgeflogen. Es war sein Papagei gewesen, und man verstand nicht, warum er ihn hatte, weil Nadan alles verabscheute, was er nicht unbedingt brauchte, und auch wenn man kein Asket ist, muß man zugeben, daß Papageien genau das sind, was man nicht braucht, wenn man nicht achthundert Mark zum Fenster hinauswerfen oder fliegen lassen will, die man, weil man Student ist, überall anderswo braucht oder eigentlich gar nicht hat.

Weil Bettina das Fenster geöffnet hatte, war sie folglich schon seit heute morgen schuld. Jetzt war es ungefähr sieben, und ich glaube, sie hatte genug davon, mit dieser Schuld und ihrem schlechten Gewissen herumzusitzen, anstatt in ihrer eigenen Küche ihre eigenen Zigaretten zu rauchen.

Bettina hätte jetzt doch gern gewußt, was bitte sehr eine Mizzebill ist. Ich versuchte einen Blickkontakt zu Rudi, weil wir dann möglicherweise im letzten Moment hätten aufbrechen können, aber Rudi war viel zu diskret für diese Art Aufbruch. Vielleicht interessierte ihn auch bloß, was eine Mizzebill ist. Nadan überlegte einen Moment und sah sich dabei den Küchentisch an, mit dem er jetzt eine gemeinsame Zukunft hatte, und dann sagte er: Eine Mizzebill ist so ziemlich das Übelste, was einem Mann passieren kann. Eine Plage. Ungefähr eine Heuschreckenplage. Da kann man nichts machen.

Weil man hören konnte, daß er es vollkommen ernst meinte, hätte nun eigentlich Bettina zufrieden auf den Treppenflur gehen und rauchen können, und ich hätte beleidigt sein müssen, weil Nadan so etwas sagt und weil Rudi mich nicht verteidigt, sondern ganz still sitzt und gar nichts sagt.

Wir waren zwar jung, aber doch nicht mehr unter der Altersgrenze. Wir waren in dem Alter, wo das Jungsein nicht mehr ganz echt ist, und deshalb spielt man erwachsen, aber das ist auch nicht echt, und weil man nicht weiß, wie es ist, tut man so, wie man sich denkt, daß Erwachsensein wäre, und es ist ein bißchen wie Schrebergarten. Also sahen wir jetzt alle vier bedrückt und wichtig auf den Küchentisch, auf dem es aber nicht viel gemeinsame Zukunft zu sehen gab, sondern nur die karierte Wachstuchdecke und die Plastikschüssel mit den Nudelsalatresten, Bettinas Sammeltassen mit den Blümchen- und Zwiebelmustern, die sie zum Umzug von ihrer Großmutter bekommen hatte, und in einem Bierglas die fünf Osterglocken, die Rudi und ich vorhin mitgebracht hatten.

Ich dachte: Wir sitzen im falschen Film. Jeder in einem anderen.

Schließlich sagte Bettina: Dann kann ich wohl gleich meine Sachen packen.

Und Nadan sagte zu Rudi: Mir kommt es manchmal so vor, als ob man die meiste Zeit mit der falschen Frau im falschen Bett liegen würde, kennst du das auch?

Rudi sagte: Bei uns hat jeder sein eigenes Bett in seinem eigenen Zimmer.

Das gefiel mir nicht. Nicht daß es so war, gefiel mir nicht, sondern daß Rudi es sagte.

Bettina hat ihre Sachen dann aber nicht gleich gepackt, sondern erst etwas später, als auch Nadan seine Sachen packte und Rudi seine und ich meine, und dann sind alle in verschiedene Richtungen friedlich auseinandergegangen.

Um die Zeit etwa hat Nadan angefangen, an ein richtiges

Leben und eine richtige gemeinsame Zukunft zu denken und das Haus zu planen, das schließlich halbfertig und zugleich schon eine Ruine war, als wir zehn Jahre später im April darin saßen und gerade wieder einmal entdeckt hatten, daß wir uns schon unser Leben lang lieben und bis zum Jüngsten Tag.

Und dann sind wir durchgebrannt.

Der Himmel war ungefähr blau, und in der Stadt ist es dann immer gleich schwül. Ich hatte die Vallot-Übersetzung noch nicht ganz fertig und wäre nun doch gern nach Paris gefahren, schon um mit Vallot das letzte Kapitel noch einmal durchzugehen, das ziemlich kompliziert war wegen der vielen Zitate, aber wir hatten seit Anfang April nicht mehr über den Ort gesprochen und uns sicherheitshalber nur selten und flüchtig zum Mittagessen in der Stadt getroffen, um die Sache nicht unnötig zu gefährden.

Die Sache selbst war das Gefährliche, und ich hätte ein dunkles Samtcape mit Kapuze dieser Gefährlichkeit angemessen gefunden, aber ich hatte keins, sondern annäherungsweise bloß einen weiten Mantel, der zum Unglück aus Wolle war und für Himmelfahrt viel zu warm. Nadan hat später gesagt, in dem Moment, als er aus dem Auto heraus den Wintermantel in meinem Küchenfenster gesehen habe, sei ihm das Ausmaß des Wahnsinns erst richtig bewußt geworden. Jetzt bloß Gas geben und fort, habe er gedacht, und ich sehe ihn aus dem Küchenfenster heraus dreimal langsam am Haus vorbeifahren und schließlich schräg gegenüber vor der Getränkemarkt-Einfahrt halten, in der eine Doppelpolitesse offenbar eben darauf gelauert hat, daß einer da parkt, um ihn beim Aussteigen anzufallen. Ich sehe ihn in Richtung auf mein Küchenfenster gestikulieren, aber es sieht nicht gut aus, weil Politessen unerbittlich sind und nur die Köpfe schütteln, und als ich mir den Anblick der Niederlage ersparen und mitsamt meinen Taschen hinuntergehen will, kommt aus der Tiefe des Getränkemarkts einer von diesen dicken Wasserkasten-Lastwagen und hupt und kann nicht heraus. Der Fahrer beugt sich aus dem Seitenfenster und brüllt zum Erschrecken, dann steigt er aus und ist mindestens zwei Köpfe größer als Nadan. Und so fängt das Durchbrennen damit an, daß Nadan gegen einen Riesen kämpft und dem doppelköpfigen Staatsungeheuer zwanzig Mark Strafe bezahlt, während ich vom Zusehen und dann vom Runterrennen in meinem Cape-Imitat furchtbar schwitze.

Das folgende Autoschweigen war elektrisch. Ich war eingestiegen und hatte: Na dann, gesagt, was ich immer sage, wenn ich Nadan treffe oder mich von ihm verabschiede, weil es so klingt, als sagte ich Nadan, und vielleicht sage ich ja auch Nadan, aber es klingt, als sagte ich: Na dann, und niemand kann es wissen. Ich sage nie Nadan, nur wenn wir uns treffen und beim Verabschieden sage ich: Na dann, ich bin sehr vorsichtig mit diesem Namen, weil ein Name sich abnutzt, wenn man ihn zu oft gebraucht. Erst merkt man es nicht, man denkt ihn und sagt ihn und flüstert ihn oder ruft ihn laut, mit der Zeit gewöhnt man sich daran und spricht ihn gedankenlos aus, ohne zu merken, daß er abnimmt, und eines Tages ist er plötzlich aufgebraucht und weggeschwunden und mit ihm alles, was in einem Namen von dem zusammenschwingt, der ihn hat und in ihm drin ist. Nadan macht es ähnlich, aber doch anders, weil er nie Alberta und meistens Mizzebill zu mir sagt. Im Laufe der Jahre habe ich verstanden, daß das zwar ein Name ist und vielleicht auch eine Gattungsbezeichnung, aber vor allem eine Beschwörung gegen das, was er Mizzebill nennt, nicht so eine Beschwörung wie die Zauberformel mit Brahms gegens Küssen, sondern eine wirklich magische, die ihn vor der Heuschreckenplage schützen soll, etwa wie Knoblauchessen gut ist gegen Vampire. Er würde niemals meinen wirklichen Namen aussprechen oder auf einen Briefumschlag schreiben, weil er fürchtet, daß dann seine Abwehr zusammenbricht, und das hieße Hölle und Fegefeuer in einem, sagt er. Und obwohl es mir nicht sehr schmeichelt, wenn er das sagt, brauche ich ihn bloß anzusehen, um zu wissen, wie es ihn schaudert.

Ich war also eingestiegen, hatte Na dann gesagt und stillschweigend die Krawatte übersehen, die Nadan zum Durchbrennen gewählt hatte. Es war eine dunkelblaue Krawatte mit unzähligen grasgrünen Miniaturelefanten darauf. Für alle Fälle beschloß ich, sie mir zu merken. Nadan fuhr mit verschlossenem Gesicht los. Wir waren inzwischen vierzehn Jahre von unserem Urschweigen auf der umgefallenen Fichte entfernt und konnten uns mühelos übersetzen, was wir im Auto zusammenschwiegen. Es war ein ganzer Dialog.

Nadan: Wenn du glaubst, du kriegst mich. Bloß weil wir losfahren.

Ich: Wenn du glaubst, ich wollte dich kriegen.

Nadan: Im Gegenteil. Krieg ich dich, oder werde ich dich endlich los.

Ich: Aber! Kriegst du mich, bist du mich los. So machen wir das mal nicht.

Nadan: Der Mantel war schon im Winter indiskutabel, und wir haben annähernd dreißig Grad.

Ich: Wenn du erlaubst, möchte ich gerne rauchen und eine gewisse Herde kleiner grüner Elefanten nicht gesehen haben, die dir vom Halse baumelt.

Nadan: Ich nehme an, du möchtest jetzt gerne rauchen. Aber natürlich, du bist ein freier Mensch. Wenn du übrigens glaubst, bloß weil wir nach Süden fahren, führen wir gleich nach Paris...

Ich: Wir brauchen auch bloß bis Darmstadt zu fahren, wenn du dich nicht weiter traust, und da streiten wir uns dann ein bißchen, und nachher nehm' ich ein Taxi und fahr' in der Nacht noch nach Hause.

Nadan: Das hatten wir schon. Das machen wir nicht nochmal.

Ich: Also Frieden.

Nadan: Für den Vietcong.

Schließlich mußten wir aber über die eigene stumme Feindseligkeit lachen, ich konnte endlich meinen Mantel ausziehen, und dann kamen wir in den Stau. Als wir wieder rauskamen, waren wir immer noch nicht in Darmstadt, obwohl es jetzt Abend geworden war, aber im Mai ist es lange hell und warm, und wenn man dann auf der Autobahn in Richtung Süden fährt, das Fenster etwas geöffnet, damit der Rauch Nadan nicht stört, der aber inzwischen sein Gesicht aufgemacht hat und sogar, was sehr selten ist, mit den Augen beim Sprechen lächelt, dann kommt eine ordentliche Portion Mai hereingeweht, und fast möchte man diesem Mai zuliebe Nadan bitten, das Autoradio leiser zu drehen, weil ohne den AFN womöglich noch mehr davon hereinkäme und das Sprechen und Augenlächeln und die Pausen dazwischen dem AFN fremd, dem Mai hingegen so ganz gemäß sind, daß man sie pur haben möchte, aber es steht zu befürchten, daß der Frieden sich dann sofort wieder zum Vietcong verzieht, wo wir ihn – wenngleich leider nicht miteinander – hingeküßt haben, als wir noch unter der Altersgrenze waren, und wo wir froh sind, daß er da wenigstens ist, wogegen der Gang der Welt und unser heutiges Alter uns davor warnen, den augenblickshaften hiesigen Anschein davon schon für die Sache selbst zu nehmen, und folglich haben sich Mai und AFN zu vertragen in Nadans Auto, vor dem jetzt langsam ins Dunkelblaue hinein jede Menge gelbgrüne Sterne gezogen werden, über das Auto drübergezogen, und dann ist es dunkel mit Lichtern darin. Nadan hat den ganzen Tag lang einem hoffnungslosen Fall von einem Kunden hinter Gelnhausen ein kompliziertes Know-how beizubringen versucht und jetzt mit Hilfe des AFN auch noch mir, und ich habe es auch nicht verstanden, weil der Mai zum Fenster hereingeflogen kam und Nadan so mit den Augen lächelt, wenn er das Know-how versteht und der andere nichts kapiert, und davon wird man auf maiselige Weise schläfrig.

Für zwischen Mannheim und Karlsruhe verheißt uns der AFN einen umgekippten Lkw quer auf der Straße, aus dem etwas unbekannt Gelbliches rausläuft, was jedoch keinesfalls giftig sei; rein prophylaktisch wird für ein paar Stunden die A5 evakuiert. Das Durchbrennen muß unterbrochen und ein Hotel gefunden werden.

Noch sagt keiner was.

Nadan fuhr kurz vor Mannheim von der Autobahn ab, der Mai machte schleunigst, daß er zum Fenster rauskam, herein kam ein Hauch von chemischer Industrie; das Hotel wird mit Sicherheit ein Problem, über das wir lieber nicht sprechen, weil wir uns zwar schon unser ganzes Leben lang lieben, aber uns an der Autobahnabfahrt beiden bewußt wird, daß wir in diesem ganzen Leben noch niemals eine einzige Nacht im selben Zimmer gemeinsam verbracht haben. Es hat natürlich Versuche gegeben, mehrere, etliche Versuche, eine Nacht entweder bei mir oder bei Nadan gemeinsam zu verbringen und in einer dieser Nächte womöglich sogar ein paar Stunden Schlaf zu finden, aber alle Nachtversuche sind meistens schon früh, spätestens jedoch gegen zwei, halb drei Uhr gescheitert. Über dieses Scheitern ist immer abwechselnd einer unglücklich und der andere wütend gewesen, und immer der nächste in Angriff genommene Nachtversuch drehte die Sache um, dann war der andere unglücklich, und der eine war wütend, und wir haben es nie ergründen können. Vielleicht sind wir deswegen durchgebrannt.

Noch sagt keiner was, aber ich sehe Nadans Hand am Steuer weiß werden, so fest drückt er zu, und er sieht, wie ich plötzlich geradesitze, kerzengerade. Die Temperaturen sinken empfindlich, und ich bin doch froh, daß ich einen Mantel zum Einwickeln habe, wenngleich leider ohne Kapuze. Die Hoffnung, Frankreich noch vor dem Hotel zu erreichen, ist hin.

Liebe in einem deutschen Hotel ein paar Kilometer ab von der Autobahn ist etwas, das starke Nerven erfordert. Stärkere, als Nadan oder ich haben. Das Hotel, vor dem er schließlich hielt, war ein Traumhotel dieser Sorte, ein Traum von der Beschaffenheit eines Leberwurstbrots. Liebe mit Nadan in diesem deutschen Hotel würde ein Alptraum werden, aber wahrscheinlich noch nicht einmal das Schlimmste. Das Schlimmste käme nachher.

Ich: Kehren wir um, Nadan, bitte.

Nadan: Und dann?

Ich: Zu mir.

Nadan: –

Ich: Dann zu dir.

Nadan: –

Ich: Du, da drinnen singen bestimmt auch welche.

Nadan: Die hören auch wieder auf.

Eine letzte Warnung vor der ungefährlichen gelben Masse, die unter Sauerstoffeinfluß zu dampfen begonnen hatte und vielleicht selbstentzündlich sei, was indessen nichts zu bedeuten hätte, und Radio aus. Nadan parkt, der letzte Ort war vor zwölf Kilometern, der nächste ist siebzehn entfernt. Ich hätte Deutschland für dichter besiedelt gehalten.

– Die Herrschaften bleiben länger, sagte die Frau an der Rezeption. Es war keine Frage.

Nadan tat, als wäre es eine, und sagte: Das kommt ganz darauf an; aber er sagte nicht, worauf. Er schaute bloß konzentriert und blaß und wachsam in die Richtung, wo es zu den Toiletten und in die Kellerräume ging und woher vielstimmige dumpfe Geräusche heraufkamen. Die Frau sagte: Ach die. Die sind bald fertig.

– So hört es sich auch an, sagte ich und versuchte, mich nicht zu fürchten, aber die Frau machte eine Handbewegung an ihrem Gesicht vorbei und sagte: Gegen Schluß werden sie eben fröhlich.

Sie gab uns einen Zimmerschlüssel, aber wir trauten uns noch nicht hinauf. Das Fröhliche hielt auch noch an, während wir allein im Speisesaal saßen und auf die kalten Frikadellen mit Gewürzgurken warteten, mit denen man es zu tun bekommt, wenn man aus den Essenszeiten herausfällt und danebengerät. Es wurde immer fröhlicher, und man konnte die männliche von der weiblichen Fröhlichkeit unterscheiden; zunächst liegt eine Oktave dazwischen, bei Anschwellen der Fröhlichkeit werden es bis zu zwei. Wir fingen an, alles mögliche zu wetten – ob die Frikadellen aus Leberkäseresten oder aus Brötchen bestünden, ob die da unten nachher noch das »Polenmädchen« sängen, ob die Betten über Eck stünden, ob wir hier je wieder rauskämen aus diesem Loch.

Wenn man aus dem Fenster ins Dunkle guckte, sah man in der Ferne die Lichter von Mannheim oder von Ludwigshafen.

Die Frikadellen waren dann halb aus Leberkäse und halb aus Brötchen und schmeckten scheußlich. Nadan sagte: Wie sich die Kegelbrüder mit dem lauwarmen Pils hier besaufen können, ist mir ganz unerklärlich. Danach gingen wir hoch in unser Zimmer.

Nadan sagte: Das mußt du mir glauben, so ein Zimmer kann mir auf der ganzen Welt mit keiner anderen Frau passieren als ausgerechnet mit dir.

Es kam von Herzen, und ich sagte: Das klingt so, als hätte ich das Auto vor diesem Hotel geparkt.

– »Und folgst du mir per Rösselsprung, wirst du verrückt, mein Liebchen«, hatte ich gedacht, als wir in den Raum mit den Tapetenblumen gekommen waren.

Mir fallen seit einer Nacht auf einer Fichte manchmal Zitate ein, wenn ich mich vor irgend etwas schauderhaftem Wirklichen schützen möchte. Es ist inzwischen natürlich nicht mehr so, daß ich an ihre Zauberkraft glaube, im Gegenteil, meistens gehen sie ziemlich daneben, aber Morgenstern kann eine große Hilfe sein, und jetzt mußte ich lachen, weil das mit dem Rösselsprung und dem Verrückt-werden genauso für die grünen Elefanten auf Nadans Krawatte paßte wie für die Tapetenblumen. Aber Nadan kann es seit einem Abend auf einer umgefallenen Fichte mit Brahms nicht vertragen, mit Zitaten verfolgt und beworfen zu werden, schon gar nicht von mir, er hat immer den Verdacht, daß vor dem Zitat oder nach dem Zitat unsichtbar das Eigentliche steht, was man verschweigt und was sich lustig macht über ihn oder über die Stones. Er weiß nichts von meinen stilistischen Sorgen, weil er selbst welche hat, erhebliche Sorgen, wenn er in einem Hotelzimmer steht, das nach Desinfektionsmitteln riecht zum Kopf-schmerzenkriegen; die Decke ist ganz aus bräunlichem Resopal, und Nadan erklärt mir, daß Decken immer dann aus Resopal sind, wenn es dahinter schimmelt; und selbst wenn es vorher an der Decke noch nicht geschimmelt haben sollte, fängt es gleich damit an, sobald Resopal darauf kommt; daher auch der Desinfektionsgeruch, hinter dem er jetzt einen modrigen pilzigen Hintergeruch wahrzunehmen meint.

Kakerlaken zum Glück vorerst keine.

Das Bett sehen wir lieber gar nicht erst an. Man weiß auch schon so Bescheid.

Nadan stand an der Tür und studierte vorwurfsvoll die Zimmerdecke auf baulichen Unfug und Schimmel hin, deren Ursache zweifelsfrei das Resopal und ich sind, und ich fing schon mal an mit dem Rösselspringen.

Ich wäre jetzt lieber zu Hause gewesen, zu Hause und ganz allein mit dem Vallot-Text, und wenn ich damit nicht zurande käme, könnte ich zur Not ja anrufen in Paris, Vallot wäre gerade aus dem Kino oder von einem Dîner zurück, er würde höflich Bonsoir, Madame, sagen, anstatt mir Bausünden samt holzgemusterten Resopaldecken zu unterstellen, und man ginge die Liste meiner Fragen in Ruhe durch, er würde sich für meine Sorgfalt bedanken und einen ganz kleinen logischen Fehler auf Seite 453 erst jetzt auch sehen, den wir bisher übersehen hatten. Ein Cortázar-Zitat, an das er sich zwar erinnerte, aber das er jetzt natürlich nicht so schnell heraussuchen könnte, würde sich morgen finden. Es wäre ein wunderbar sachlicher Ton in dem Telefonat, ein winziger flirrender Unterton von seiner Seite, den ich schon kenne, und schließlich könnte ich weiterarbeiten, und nichts ist schöner, als nachts noch am Schreibtisch an der grünen Lampe zu sitzen, wenn die Stadt still wird und bis auf ganz wenige Fenster auch dunkel, und hinter den wenigen hellen Fenstern sitzen auch Leute an Schreibtischen. Pfingsten wäre die Übersetzung fertig, die jetzt mitsamt den Wörterbüchern in der schwarzen Tasche liegt, aber hier kann ich unmöglich arbeiten, es gibt keinen Tisch, andauernd kommen in Gruppen die Fröhlichen aus dem Keller und vergehen sich jetzt auf dem Flur an der millionenfach geschändeten Polin. Hört das denn niemals auf?

Ich weise Nadan immerhin darauf hin, daß diese Wette ich gewonnen hätte, er war nur bis »Schnaps, das war sein letz-

tes Wort« mitgegangen, bei welchem Lied ihm auch einge-
fallen war, daß sie sich nicht mit Pils betrinken.

Nadan vergißt, daß ich an seiner Unbill die Schuld habe,
und sagt feierlich: Auf daß sie in den Besucherritzen ertränken!

Das taten sie schließlich. Vorher röchelten sie noch eine
Weile,

und dann war es still.

Immer wenn ich versuche, mich an den Teil der Nacht zu
erinnern, der dann folgte, wird es sehr schwierig. Es fing so
an, daß ich mein Necessaire auspackte und ins Badezimmer
ging. Als ich rauskam, hatte Nadan im Radiowecker den
AFN gefunden. Die gelbliche Flüssigkeit auf der Autobahn
hatte sich inzwischen als ungiftig erwiesen und war längst
zuverlässig beseitigt. Ich dachte: Wir könnten seit Stunden
im Elsaß sein, aber ich sagte es nicht. Ich sagte: Du glaubst
doch nicht, daß das ungiftig war. Nadan sagte: Warum
nicht. Sein Gesicht war zu.

Mir wurde etwas übel von der angebissenen Frikadelle
oder der gelben Flüssigkeit oder dem Desinfektionsgeruch
oder Nadans Gesicht, jedenfalls ging ich auf den Balkon,
um womöglich zu atmen. Es war Flieder in der Luft. Ich
versuchte, nicht davon weinen zu müssen. Ich mußte es
ziemlich lange versuchen, bis es mir endlich gelang, und als
ich wieder reinging, sah ich schon an Nadans schwimmen-
den Augen, daß er Migräne hatte.

Von allem, was Nadan kriegt, wenn er länger mit mir zu-

sammen ist, finde ich die Migräne vielleicht am schlimm-
sten. Nadan findet die Übelkeit, die ich kriege, wenn ich
länger mit ihm zusammen bin, ungefähr ebenso schlimm
wie die Hustenanfälle.

Ich sagte: Kein Wunder, daß du Migräne kriegst, überall
in der Luft fliegt giftiger gelber Dampf herum, und dann
noch dieser Geruch hier im Zimmer. Mir ist selbst schon
ganz schlecht davon.

– Sieh mal einer an, sagte er, das hätten wir vorhin auch
noch wetten können. Dann fingen wir trotz der Migräne
und Übelkeit an, uns zu streiten, ob die gelbe Flüssigkeit
giftig gewesen wäre.

Nadan sagte: Es hat doch keinen Sinn zu denken, sie ist
giftig, wenn sie im Radio sagen, daß sie ungiftig ist.

– Vielleicht hat es keinen Sinn, sagte ich, aber du wirst
nicht so naiv sein, und bloß weil es keinen Sinn hat zu wissen, daß sie giftig ist, einfach glauben, was sie da sagen.

– Warum nicht, sagte Nadan.

Ich ging ins Badezimmer, um aus dem Zahnputzbecher ein
Glas Leitungswasser zu trinken und ein bißchen Zeit zu
gewinnen; danach sagte ich: Wir können ja wetten. In
einem Jahr spätestens wird die Flüssigkeit giftig gewesen
sein.

– Und wenn, sagte Nadan.

Ich sagte: Na siehst du. Vollends wütend wurde ich, als er,
nachdem er im Bad ein Glas Leitungswasser getrunken
hatte, rauskam und sagte: Das machte doch für heute nacht
keinen Unterschied mehr.

Seine Augen waren fast schwarz vor Migräne, und wegen dieser Augen und des Desinfektionsgeruchs nahm ich den einen Stuhl, den dieses Zimmer hatte, und ging wieder auf den Balkon, weil ich dachte, es hat keinen Sinn, in dem Zustand weiterzustreiten. Ich hörte noch, wie Nadan halblaut zu sich selbst sagte: Tagsüber braucht sie im Mai einen Wintermantel und schwitzt sich darin halbtot, aber wenn es dann wirklich kalt wird, geht sie mit frisch gewaschenen Haaren im T-Shirt auf den Balkon.

Dann saß ich im Mantel auf dem Balkon und debattierte schweigend und endlos weiter darüber, ob es einen Sinn hat zu sagen, etwas ist giftig, wenn es giftig ist.

Zugleich war ich aber doch froh, daß wir bloß über das gelbe Zeug gestritten hatten und nicht über Nadans Haus oder meine Wohnung, aber dann wurde mir klar, daß das Streiten heute nacht wahrscheinlich nur der Prolog gewesen war und das Hausdrama morgen käme.

Um die Zeit war das Haus- und Wohnungsdrama ungefähr auf dem Höhepunkt angelangt, und wahrscheinlich, so dachte ich in der Nacht da draußen, waren wir überhaupt nur durchgebrannt und dann hier gestrandet, um es zu irgendeinem Ende zu bringen, was weder in Nadans Haus noch in meiner Wohnung zu schaffen war, weil Nadan meine Wohnung nicht betreten konnte, ohne auf der Stelle von Migräne überfallen zu werden, während ich, sobald ich in Nadans Haus neben Nadan lag, stundenlang von Husten geschüttelt wurde und Nadan nichts tun konnte, als auf eine Pause im Husten zu warten und mich dann sofort nach Hause zu fahren. Im Auto sagte ich manchmal: Gib zu, du hast jede Menge Holzschutzmittel in dein Haus eingebaut, und Nadan sagte: Keinen einzigen Tropfen, ich schwöre, auch wenn du es mir nicht glaubst; und ich glaubte es nicht, obwohl ich natürlich wußte, daß ich mich mein Leben lang in holzschutzmittelgetränkten Gebäuden aufhielt, ohne auch nur ein bißchen husten zu müssen, und daß es also ganz sicher nicht daran lag.

Wenn ich an Nadans Haus dachte, fiel mir immer der weiße Papagei ein.

Wenn Nadan meine Wohnung betrat, sagte er meistens: Ich verstehe nicht, wie du so leben kannst, und immer konnten wir über das »Wie« und das »So« nicht sprechen, weil Nadan von dieser Wohnung oder dem PVC-Fußbodenbelag darin oder von meinem Rotwein Migräne bekam, und in dieser Nacht war mir, als würden wir morgen über dieses »Wie« und »So« sprechen und natürlich von vornherein wissen, daß es kein gemeinsames »Wie« und »So« geben konnte, wo schon Nadans Elefanten-Krawatte und mein Wintermantel sich nicht ausstehen konnten, und mir war bang, weil ich Nadan liebte und der Tag morgen wahrscheinlich zermürbend würde.

Ich beschloß, ein bißchen zu schlafen, aber vor Bangigkeit und Liebe und auf dem unbequemen Stuhl wurde dann nichts daraus.

Als ich wieder ins Zimmer ging, weil gegen Morgen der Flieder nicht mehr gegen die kriechende Feuchtigkeit ankam, schlief Nadan. Er schlief auch noch, als ich mich leise ins andere Bett legte und jetzt erst merkte, wie kalt meine Füße geworden waren und wie müde so eine Nacht mit Flieder auf dem Balkon einen machen kann. Ich schloß die Augen, und genau in dem Moment wurde Nadan wach, setzte sich im Bett auf, starrte im Dunklen in meine Richtung und sagte: Mizzebill, bitte. Er sagte das so aus der Tiefe seiner Seele und so herzerschütternd, daß ich sofort alles Streiten und meine kalten Füße vergaß. Ich sagte zärtlich: Aber ja, was ist denn; ich hätte ihm jede Bitte morgens um fünf erfüllt, wie er so flehentlich sprach, und er sagte in einem ganz weichen Nadan-Ton, den ich lebenslang liebe: Bitte fang jetzt nicht an zu husten.

Als ich in dieser Nacht zum drittenmal auf den Balkon ging, nahm ich den Wintermantel und die Bettdecke gleich mit und sah schließlich die Sterne blasser werden und von fern Mannheim oder Ludwigshafen erwachen, und nach und nach sah ich, daß es ein großer lila Fliederbusch war, der hinter dem Haus bis fast hoch an meinen Balkon wuchs, dahinter fing eine richtige Wiese an, durch die ein kleiner gewundener Weg führte, und über allem schwebte ein zarter Nebel. Ich rauchte eine Zigarette, der Husten und die Übelkeit waren weg, und plötzlich mußte ich laut lachen bei dem Gedanken an diese Bettina, die zum Rauchen immer ins Treppenhaus mußte.

Der Tag begann damit, daß Nadan ins Badezimmer ging und ich merkte, daß ich nicht gewohnt war, irgend jemanden außer mir selbst im Badezimmer Geräusche machen zu hören. Sie befremdeten mich, und mir wurde mit einiger Wucht bewußt, daß Nadan mir ein fremder Mensch war, daß ich ihn zwar lebenslang liebte, aber daß das womöglich nur mit dem Kopf und der Seele war und ich im wirklichen Leben wahrscheinlich niemals über längere Zeit hinweg einen Menschen lieben könnte, der solche profanen Gurgelgeräusche beim Zähneputzen macht. Es waren keine schlimmen Geräusche, ich würde sagen, der Lautstärke nach eher ganz normale Gurgelgeräusche; ich gurgele zwar nicht beim Zähneputzen, aber es kam mir doch wie ganz normales Gurgeln vor, und also war eigentlich nichts dabei. Trotzdem nahm es mich gegen den ganzen Menschen ein, einfach weil es ein profanes Geräusch war, und Liebe ist nicht profan. Während der Rasierapparat summte, stellte ich mir vor, ich müßte in Nadans Haus, das in Wirklichkeit kein Haus, sondern eine Art Lebens-Festung war, riesig, schwarz, uneinnehmbar und auf unbestimmte Weise verwahrlost, jeden Morgen dieses Gurgeln hören, dieses Rasiersummen, die Dusche. Es wäre binnen kürzester Zeit aus mit der lebenslänglichen Liebe.

Durch Nadans Gurgeln verstand ich, was ich seit der Nacht auf der umgefallenen Fichte im Grunde wußte, aber doch nicht hätte ausdrücken können: daß Liebe im Kopf viel leichter ist als Liebe im Leben, wo einem außer dem kußvereitelnden Denken auch noch kalte Frikadellen, Resopaldecken, Elefanten-Krawatten und jetzt auch noch dieses Zahnputzgurgeln und mengenweise weitere entmutigende Dinge ganz und gar blöde dazwischenfahren. Ich verstand nicht, wie manche Leute es schaffen, einander dennoch zu lieben.

Es war dabei keinesfalls so, daß ich Nadan etwa nicht mehr liebte, eher so, daß ich schlagartig, sobald ich das Gurgeln hörte, keine Lust mehr auf diese Liebe hatte und mir nicht vorstellen konnte, je wieder Lust darauf zu haben.

Das war im übrigen, fand ich, eine gar nicht so schlechte taktische Voraussetzung für den kommenden Tag mit dem anstehenden Haus- und Wohnungsdrama, dem eine gewisse Leidenschaftslosigkeit sicher guttun würde.

Während ich anschließend selbst im Bad war und versuchte, möglichst keine Geräusche zu machen, fiel mir ein, daß heute nicht nur Himmelfahrt war, sondern dazu noch Vatertag, was der abscheulichste aller Feiertage ist, und ich war froh, daß wir dieses Hotel schließlich überstanden hatten und demnächst verlassen würden und gegen Mittag bereits in Frankreich wären, wenn hier die Väter einfallen und sich wieder über die Polin hermachen würden, weil das wohl niemals aufhört.

Es sah nach Sonne und weiterem Mai aus, ich hatte mein gelb-schwarz gestreiftes Lieblingskleid an, und beim Frühstück schenkte ich Nadan meine Käseecken, und er schenkte mir seine Johannisbeermarmelade, und eine winzige Sekunde lang dachte ich: Das läßt sich gar nicht so übel an, aber da sagte unvermittelt Nadan: Mit der Migräne setz ich mich nicht hinters Lenkrad.

– Die Herrschaften bleiben länger, hatte die Frau gesagt. Es war keine Frage gewesen.

Die Herrschaften blieben bis Sonntag.

Nicht, daß diese Liebe, diese Heuschreckenplage, dann erledigt gewesen wäre, obwohl wir es beide zwischendurch mehr oder weniger flehentlich hofften, aber als wir Sonntagnachmittag bei Nadan auf den Orangenkisten in seiner schwarzen Festung saßen, sagte Nadan:

Es gibt Post-Graduierten-Stipendien: ein oder zwei Jahre an einer Sternwarte in Arizona.

Dann stand er auf und holte uns etwas zu trinken. Vom Kühlschrank her rief er: Es gibt bloß Milch.

Na dann Milch.

Als er mit der Milch kam, sagte ich: Es gibt Lektorenstellen: ein oder zwei Jahre Unterrichten an der Universität in Clermont-Ferrand.

Die H-Milch war umgekippt. Sie schmeckte nicht sauer wie normale umgekippte Milch, sondern ekelhaft bitter, und ich sagte: Wie schaffst du es, H-Milch umkippen zu lassen, sie hält sich ein halbes Jahr.

Dann nahm ich ein Taxi. – So geht es nicht, hatte ich im Taxi Nadans Stimme noch im Ohr.

Und ich darauf: Und wie, bitte, geht es?

Nadan: Jetzt krieg nicht wieder diese spitze Stimme.

Ich: –

Nadan (zu sich selbst): Mit jeder anderen Frau wäre es ganz einfach.

Ich: Dann mach es mit jeder anderen Frau.

Wenn ich die Augen schließe, sehe ich uns auf der Wiese hinter diesem Hotel in der Sonne sitzen. Nadan erklärt mir erst die Relativitätstheorie und dann etwas über Wertpapiere und zuletzt, was ein Doppelleben ist. Letzteres hat er gerade eben erfunden. Ich sage: Das Doppelleben ist so alt wie die Welt, aber Nadan hat es nicht gern, belehrt zu werden, das Doppelleben hat er sich selbst ausgedacht und möchte es sehr gern probieren, und ich habe das Gefühl, er möchte es so ausprobieren, daß er vielleicht mit Alberta in seinem Haus wohnt, das er im Grunde für Alberta geplant und gebaut hat, und Alberta muß jetzt, bitte sehr, nur noch dafür sorgen, daß es nicht mehr so verwahrlost ist: ein paar Möbel, im Kühlschrank etwas zu trinken und hin und wieder die Fenster geputzt. Mit Alberta ginge das, wenn schon Mizzebill dieses Haus nicht erträgt. Und sein zweites Leben verbringt er mit Mizzebill.

Ich zeige auf die Vatertagsgruppe hinter uns, die grölend auf dem kleinen Weg dem Hotel entgegenstrebt, und sage: Jeder zweite von denen träumt auch von so einem Doppelleben.

Nadan sagt: Du verstehst das nicht.

Kann sein.

Im Herbst ging Nadan nach Arizona, und ich hatte die Wahl: Clermont-Ferrand oder Lyon. Ich ging nach Lyon.

Jean-Philippe

Es ist schon einige Jahre her, seit ich die Erzählung »Eine Mizzebill« schrieb. Wir lebten in T., einer kleinen Stadt am Ufer der Rhône, zwischen Vienne und Valence, im Haus meiner Schwiegereltern. Jean-Philippe kam an den Wochenenden aus Lyon. Es tat ihm gut, nach der Schreibtischarbeit in der Stadt bei der Familie auf dem Land zu sein. Er fuhr gern mit seinem Vater in die Weinberge auf der anderen Seite des Flusses, beriet ihn, wenn er fragte, ob er die Rebsorten umstellen sollte, oder schimpfte wohlwollend auf den alten Mann ein, weil der immer noch viel zu viel Insektizide, »Produkte«, wie sie sagten, auf seine Weinstöcke spritzte, so viel, daß die Weinblätter wochenlang blau davon waren.

Ich ging manchmal mit in den Wein und mochte es, ein paar Schritte hinter den beiden Männern zu bleiben und ihnen zuzusehen, wie sie lebhaft sprachen und gestikulierten und so vertraut miteinander waren. Eines Tages würde Jean-Philippe den Weinberg übernehmen und höchstwahrscheinlich verpachten. Er sprach mit seinem Vater nicht übers Verpachten, aber wir nahmen an, daß der Vater es wußte.

Sonntags aßen wir manchmal alle zusammen im Restaurant. Es war eine gute Zeit. Nicht in der Welt, die wir jeden Tag in den Zeitungen lasen, aber für uns. Cécile war aus der Vorschule in die richtige Schule gekommen und stolz darauf, endlich ein großes Mädchen zu sein, und ich war froh, nun mehr Zeit für mich zu haben. Manchmal ließ ich Cécile bei Elise, ihrer Großmutter, und fuhr wochentags nach Lyon, um in der Bibliothek etwas nachzuschlagen, um ein Zitat zu finden, um unter Menschen zu kommen, um die Einkäufe zu machen, für die T. und Valence zu klein sind. Danach holte ich Jean-Philippe vom Institut ab, und wir gingen in die rue des Marroniers essen, gelegentlich in die Oper; manchmal kochten wir einfach nur zusammen, sprachen dabei unsere Arbeiten durch, und ich blieb über Nacht in der kleinen Wohnung an der Place Bellecourt, die wir nach Céciles Geburt beibehalten hatten.

Die Geschichte über Nadan und Alberta war in einem wunderschönen Frühling entstanden, die meiste Zeit hatte ich in T. auf unserer Terrasse im ersten Stock gesessen und in der Sonne geschrieben, und so war ein wenig von dem Mai, dem Flieder und sogar vom Rotwein meines Schwiegervaters in die Geschichte hineingeraten, aber ich fand, das stand ihr gar nicht schlecht. Ich dachte, die Sache ist gut so und fertig.

Bevor ich sie mit einigen anderen Erzählungen zusammenpacken und wegschicken wollte, gab ich sie Jean-Philippe zu lesen. Ich beobachte gern sein Gesicht, wenn er liest. Übrigens nehme ich an, er weiß das. Er fragte beim Lesen einiges nach, konnte sich einzelne abgelegene Wörter nicht übersetzen, wollte Genaueres über den AFN wissen, und schließlich mußte ich mich sehr überwinden und ihm sowohl das Lied vom Polenmädchen als auch »Schnaps, das war sein letztes Wort« vorsingen. Er runzelte die Stirn und schüttelte beide Lieder dann mit einer abwehrenden Kopfbewegung weg. Danach sagte er: Was für eine böse Geschichte.

Ich fand nicht, daß es eine böse Geschichte war, vielleicht weil ich sie in heiterer, manchmal übermütiger Stimmung auf der Frühlingsterrasse mit Blick über den Fluß auf den Weinberg meines Schwiegervaters geschrieben hatte, den ich sehr mochte, und so kam sie mir drollig und absurd vor, aber Jean-Philippe beharrte darauf, daß sie böse sei.

Und dann passierte etwas Merkwürdiges, etwas, das ganz und gar nicht üblich war zwischen uns, noch niemals vorgekommen war und danach auch nie wieder vorkam. Er sagte sehr bestimmt: Und außerdem ist sie noch lange nicht fertig.

Jetzt, während ich dies schreibe und mir seine Stimme ins Ohr zurückrufe, meine ich, daß der Ton sogar nicht nur bestimmt war, sondern wenn nicht gerade heftig, so doch scharf.

Üblicherweise sprechen wir zwar über unsere Arbeit viel und gern und ausführlich, aber keiner mischt sich in die Arbeit des anderen ein, und es gefiel mir nicht, daß er es plötzlich mit solcher Bestimmtheit tat. Ich sagte: Sie ist allerdings fertig. Mehr gibts nicht. Il n'y en a plus. Nadan ist in der Sternwarte in Arizona, und Alberta gibt Unterricht in Lyon, und Schluß. Vorhang.

– Einstweilen vielleicht Vorhang, sagte Jean-Philippe: Vorhang erster Akt, aber die Sache ist noch längst nicht beendet, bloß weil du sie nach Arizona und nach Lyon schickst. Da kommt noch allerhand nach, was nicht so lustig sein wird. Aber courage, ma chère.

Dies nun wieder sagte er betont liebenswürdig, seine Augen lächelten, und der Spott war nicht zu überhören.

Es verblüffte mich. Es ärgerte mich. Es klang, als wüßte Jean-Philippe mehr über diese Geschichte als ich. Und es klang unversöhnlich. Ich war auch den Ton von Jean-Philippe nicht gewöhnt. Es ist der Ton, in dem ein Mann spricht, wenn er einer Frau den Krieg erklärt.

Er schaffte es immerhin, mich zu verwirren, und plötzlich war ich selbst nicht mehr sicher, ob die Geschichte schon fertig sei, legte sie vorerst beiseite und machte ein paar andere Sachen. Jean-Philippe kam nicht mehr darauf zurück. Den ganzen Sommer nicht.

Den August verbrachten wir am Meer. Jean-Philippe brütete morgens oft über der Doktorarbeit eines Kollegen und kam erst nach dem Mittagessen mit zum Strand hinunter, er war konzentriert und schweigsam.

Im Herbst fing er mit der Geschichte wieder an. Er hatte sich wegen der Weinlese freigenommen, einen Stoß Bücher und seinen eigenen Text über das »trunkene Lied« im »Zarathustra« nach T. mitgebracht, erzählte manchmal von Nietzsches Lachen und war offensichtlich vergnügt, zu Hause zu sein und mit seinem Vater darüber zu streiten, ob man lieber viel und mäßigen oder weniger, dafür aber exzellenten Wein produzieren sollte und was man seiner Meinung nach machen müsse, um die Produktion umzustellen, wenn man sie denn umstellen wolle. So oder so aber müßte man einige Hektar Land dazukaufen.

– Monsieur le philosophe se promène dans les vignes, wehrte sein Vater gutmütig ab, als es ihm schließlich zuviel wurde. Ich mochte ihn sehr, als er das sagte, weil mir plötzlich klar wurde: Natürlich weiß er, daß Jean-Philippe den Weinberg nicht übernehmen wird, aber er spricht nicht davon, um Jean-Philippe zu schonen, weil er weiß, es ist sinnlos, mit erwachsenen Söhnen über die Zukunft zu streiten. Bislang hatte ich gedacht, es sei fröhlich, ein Spiel, wenn sie sich um den Weinbau streiten. Jetzt kamen mir Zweifel.

Manchmal stand Jean-Philippe mitten in der Nacht auf, um mit ein paar Freunden aus T. zum Angeln in die Berge zu fahren. Manchmal angelten sie sogar was, aber wenn Elise die Forellen sah, lachte sie laut und sagte: Die habt ihr im Supermarché geangelt.

Alles war beinah so wie immer.

Nur hatte ich ihm seit dem Frühling nichts mehr zu lesen gegeben. Er mir im übrigen auch nicht.

Eines Abends, als Cécile schon im Bett lag, sagte er beiläufig über seinen Buchrand hinweg: Und was macht deine Alberta? Gehts ihr gut, deiner Alberta?

– Oh, danke, sagte ich.

– Bewegt sich was?

– Wird sich zeigen.

Das war alles. Wir lasen beide weiter.

Natürlich hatten Nadan und Alberta nach Himmelfahrt stillschweigend beschlossen, sich nicht mehr anzurufen und nicht mehr zu treffen. Einige Tage lang war Alberta erleichtert. Es ist kein angenehmes Gefühl, wenn an einem vorbeigeliebt wird und man eine Mizzebill ist, sagte sie sich. Sie war keine Mizzebill und wollte auch keine sein. Da lag ein Mißverständnis vor, vielleicht ein langjähriges, aber auch langjährige Mißverständnisse dürfen mitsamt den danebengegangenen Urgeschichten einmal zu Ende sein. Die Arbeit an der Vallot-Übersetzung war im übrigen einigermaßen drängend, Zitate wollten gefunden und in den Text eingebaut sein, es mußte mit Vallot telefoniert werden, rechts und links des Computers stapelten sich die Bücher. Die Arbeit ging nicht so flüssig vonstatten wie vorher, sie schleppte sich eher dahin, der Text, so schien es Alberta, wurde gegen Ende schwieriger, als sie ihn in Erinnerung hatte, aber natürlich war es von Anfang an ein Text mit vertrackten Passagen gewesen. Ausgerechnet in den besonders vertrackten Passagen konnte es passieren, daß Alberta Himmelfahrtsbilder in den Sinn kamen, Wiesenbilder, leider auch Bilder von Nadans schrecklichem Haus, und sie verlor sich darin, statt dem Faden der Übersetzung zu folgen, der mühsam genug zu verfolgen war. Es kam auch vor, daß sie zweimal mit ein und derselben Frage in

Paris anrufen mußte, der flirrende Unterton, den Vallot anfangs bei ihren Anrufen gehabt hatte, verschwand und wurde durch etwas ersetzt, das man wohl noch nicht Ungehaltenheit nennen mochte, aber unter der Höflichkeit schwang doch so etwas mit wie eine leise Gereiztheit.

Zudem war etwas mit ihrer Wohnung passiert. Sie kam Alberta plötzlich kleiner vor als noch vor kaum ein paar Tagen, tatsächlich war sie nicht sehr geräumig, sogar eher spartanisch, wenn man einmal davon absah, daß alles mit Büchern zugewachsen war. Durchs Fenster im Arbeitszimmer kam nicht genügend Licht bis zum Schreibtisch, im Bad platzte die Ölfarbe von den Wänden, die Kacheln in der Küche waren häßlich vergilbt, und mehr als eine hatte einen Sprung. Das Ganze, stellte Alberta fest, könnte dringend eine Renovierung vertragen. Zudem war der Blick aus dem Fenster auf den Getränkemarkt schlechterdings trist, und zu dem tristen Blick kam neuerdings, daß die Geräusche der Lkws, das Kofferraum-Auf, Kofferraum-Zu, das Kisten- und Flaschenklappern unerträglich waren.

Im Grunde zum Migränekriegen.

Das einzig Gelungene an Nadans Festung, fand Alberta, war der Blick aus den großen Südfenstern. Ein erstaunlich weiter Blick, hinten war der Waldrand zu erkennen, ein paar Einfamilienhäuser davor, Birken und Weiden in den Gärten und Vorgärten. Ruhig war es.

Sie vergaß, daß es furchtbare Schweigegefechte in so kurzer Zeit gegeben hatte, Dinge, die im Leben von Menschen, die sich lebenslang lieben, einfach nicht vorkommen dürfen, weder ausgesprochen noch verschwiegen.

Nadan: So geht es nicht, Mizzebill.

Alberta: Wie, bitte sehr, geht es nicht?

Nadan: Krieg doch nicht gleich wieder diese spitze Stimme.

Alberta: Was soll an meiner Stimme spitz sein? Ich habe doch gar nichts gesagt.

Nadan: Siehst du, so geht es eben nicht.

Alberta: Und wie, bitte, könnte es gehen?

Nadan: Das sage ich ja, mit dir geht es eben gar nicht.

Alberta: Gurgle ich etwa nach dem Zähneputzen, daß die Wände wackeln? Habe ich diese, entschuldige schon, lieblichen Pantoffeln an den Füßen?

Nadan: Ich weiß, ich weiß, du wärst so gern verrucht, aber so wird das nichts.

Alberta: Dann lassen wir es doch bleiben.

Nadan: Nun fang nicht auch gleich noch zu weinen an.

Alberta: Nichts liegt mir ferner, als mich von dir zum Heulen bringen zu lassen.

Sie vergaß nicht nur diese undenkbaren Dialoge, sondern die anschließenden Tränenausbrüche gleich noch mit. Ein Teil von ihr war, eingesperrt für immer, auf einer umgekippten Fichte sitzengeblieben und nicht klüger geworden, seit das Leben sich vor Jahren einmal verschluckt hatte.

Genau in dem Moment, als Alberta sich von dem Gefühl überwältigen ließ, daß es durchaus einen rührenden Aspekt hatte, wenn ein Nadan, kaum ist er über der Altersgrenze, sich ein Haus ausdenkt, beim Bauamt beantragt und schließlich weitgehend eigenhändig irgendwie auf ein Grundstück in einer ruhigen Vorortgegend hinstellt, und da soll nach seiner Idee eine Mizzebill mit ihm wohnen, im Grunde ist das rührend, ungeschickt natürlich, so rührend und ungeschickt wie eine Krawatte mit Elefanten, wenn man es einmal so betrachtet, rührend wie gebügelte Schlafanzüge und diese, nun: Pantoffeln, und warum im übrigen soll ein Mann nach dem Zähneputzen nicht herzlich gurgeln; – genau in dem Moment also konnte sie auch einem anderen, sehr eigentümlichen Gedanken nicht mehr ausweichen. Sie wurde sich klar, daß eines der Kinderzimmer, die Nadan in sein Haus eingebaut hatte, schon im nächsten Frühjahr bewohnt sein könnte.

Auch dieser Gedanke rührte Alberta. In ungefähr demselben Maß erschreckte er sie, und Tag für Tag nahmen beide zu: die Rührung und der Schreck. Sie hatte sich noch nicht für Clermont-Ferrand oder Lyon beworben, natürlich nicht, solche Dinge dauern bekanntlich, und eines Abends, als die Rührung gerade eben den Schreck überwog, griff sie zum Telefonhörer.

Dann sagte sie den einen Satz, der zu sagen war.

Dann hörte sie nach einer längeren Schweigepause, in der sie jedes ungesagte Wort einzeln verstand: Ah, so.

Dann legte sie den Hörer auf und sagte sich, daß sie ihrerseits vorbeigeliebt hatte, und auch dieses Mißverständnis müßte nun beendet werden, bevor es sich leibhaftig in ihrem Leben einnisten würde.

Dann suchte sie eine Telefonnummer aus ihrem Adreßbuch heraus und griff abermals zum Hörer.

In Arizona schaute Nadan durch die klarste Luft der Welt in den selten einmal von Wolken verhangenen Mond und stellte komplizierte Berechnungen über die Milchstraße an. Während er daraus im Laufe der Zeit eine astrophysikalische Außenseiter-These zu galaktischen Nebeln entwikkelte, aus der später eine längere Vortragsreise durch die Vereinigten Staaten wurde, ging Alberta durch den Nebel in Lyon zwischen Rhône und Saône spazieren, zuerst, wegen der Schönheit der Renaissancestadt und wegen der Fremde, voller Aufregung, die übrigens nicht frei von hektischen Momenten war, und voller Entzücken über die märchenhaften Blumenläden, in denen Wiesenunkraut zu leuchtenden Sträußen gebunden wurde. Mit der Zeit wurde ihr Entzücken stiller, und es kam der Augenblick, in dem sie sich eingestehen mußte, daß das lebenslange Mißverständnis sich leider durch Lyon nicht würde lösen lassen, sondern daß sie gegen ihren Willen daran klebte und gebunden blieb, ja, daß sie mit sich selbst in Verhandlungen geriet und häufig in Streit lag, ob es sich denn tatsächlich um ein Mißverständnis handelte oder nicht doch um eine große Liebe, so als schlösse das eine das andere aus. Kurz, Alberta verfiel sehnsüchtigen Phantasien, sie ging viel ins Kino, versuchte sich hier und da in französischer Leichtlebigkeit, aber es wollte ihr nur der Anschein davon gelingen, und weniges bewegte sie.

Mit Ausnahme der Bekanntschaft mit Eugène Puech.

Eugène wohnte in dem Appartement über Alberta. Er hatte sie eines Tages bei den Briefkästen angesprochen: Sie sind wohl die Dame, die Mozart liebt?, und Alberta war furchtbar erschrocken. Sie versprach schnell, den Plattenspieler künftig leiser zu drehen, aber Eugène lachte und sagte: Nein, nein, ich mag das.

Eugène hatte seine Werkstatt einige Straßen entfernt. Nach einer Zeit gewöhnte Alberta sich an, manchmal, wenn sie von ihren Nebelgängen oder den Kursen nach Hause kam, kurz in der Werkstatt vorbeizuschauen. Es roch nach Metallfunken, Eugène schaltete das Schweißgerät oder die Flex aus, wenn Alberta kam, und Alberta mochte den scharfen Metallgeruch, das Feuer, die Funken, die ganze Werkstatt, die Bedächtigkeit von Eugène. Sie mochte Eugène. Sie fing an, ihm etwas mitzubringen, eine Tarte aux Citrons oder einen Strauß Euphorbien für das kleine Büro mit den Glasscheiben, in dem sie ihn manchmal am Computer sitzen oder mit Kunden sprechen sah.

Im November kam ich nicht weiter als bis zu der traurigen Einsicht, daß Alberta in Lyon trotz ihrer sonderbaren Bekanntschaft mit Eugène Puech rundherum unglücklich war, während Nadan über die vielleicht nicht glückliche, jedoch bewunderungswürdig praktische Eigenschaft so

vieler Männer verfügte, sich vorübergehend mit Arbeit ab-
lenken zu können. Nadan war sich bewußt, daß er in einer
der größten Sternwarten der Welt forschte – mitten in der
Wüste, weitab von Städten, Highways, Industrie –, unter
Bedingungen, von denen er bislang nur hatte träumen
können. Er teilte seine Zeit zwischen Spektroskopen,
Astrographen, Radioteleskopen, der Simulation parallakti-
scher Verschiebungen, Nachtarbeit, Wasserstoff-Helium-
Berechnungen, interstellaren Gas- und Staubanalysen an
den Computern in seinem Büro, und schließlich hatte er
seine Theorie zu galaktischen Nebeln in der Hand und
war hochzufrieden, daß die Arbeit einige Aufregung in
der Fachpresse und eine Menge Einladungen verursachte.
Er reiste von Universität zu Universität mit seinem Vortrag, bis die Theorie dann allerdings recht bald und schla-
gend widerlegt wurde, aber die Arbeit war mittelfristig
ein wirksames Mittel gegen die Heuschreckenplage gewesen.

Sein Haus hatte er im übrigen vernünftig und entspre-
chend der Anzahl der Kinderzimmer an eine Familie mit
drei Kindern für zwei Jahre vermietet, und so war es bei
Nadan hernach nicht so sehr Sehnsucht, was ihn zurück-
kehren ließ, sondern die Tatsache, daß seine Thesen sich
nicht halten ließen. Die Milchstraße blieb, wo sie war, in
Arizona, die Arbeit im Observatorium war befristet gewesen, und als der Zusammenbruch seiner Theorie durch
die Fachpresse ging, blieben die Einladungen der Universitäten aus. Ein Astrophysiker mit amerikanischer For-

schungserfahrung wäre in Europa allemal willkommen, dachte sich Nadan und verbrachte noch ein paar Monate in Florida mit mehr oder weniger wechselnden Frauen in mehr oder weniger wechselnden Betten, und ihm kam vor, als sei das vielleicht nicht ganz falsch, aber auch gar nicht richtig. Immerhin war er nie wieder so leichtsinnig wie in einem Hotel kurz vor Mannheim oder Ludwigshafen.

Und schließlich kam er wieder zurück und fing an, sich sein Leben und seine Arbeit zwischen der Universität in H. und seinem Haus einzurichten, das er halb und halb seinen Befürchtungen gemäß in einigermaßen ramponiertem Zustand vorgefunden hat, weil eine fünfköpfige Familie so ein Haus natürlich verschleißt. Auf den grauen Velours-Teppichboden waren im ganzen Haus mit Filzstiften Himmel-und-Hölle-Kästchen und Straßen für Matchbox-Autos gemalt, überall klebten Reste bunter Knetmasse, und in die Kinderzimmer schaute er lieber nicht so genau hinein, er sah nur sofort die sehr irdischen Abdrücke kleiner Dreckfinger um die Lichtschalter, während ihm die Gemüseflecken auf den Tapeten am Eßplatz vorkamen, als hätten hier Turniere im Weitspucken stattgefunden. Besonders erbitterte ihn, daß der unfähige Heimwerker von einem Familienvater überall Haustelefone, Baby-Überwachungs-Anlagen und Fernseher amateurhaft und dümmlich installiert hatte, alle Leitungen lagen über Putz und waren idiotischerweise auch noch mit Wandfarbe überschmiert.

Nadan stellte fest: Das Haus war entweiht worden durch

die Mieter, und es gefiel ihm nicht mehr. Immer öfter dachte er daran, es zu verkaufen, und nur eine gewisse Sentimentalität seiner eigenen Jugend gegenüber, deren Schwinden er plötzlich fühlte, hinderte ihn mehrmals im letzten Moment daran, sich mit einem Makler in Verbindung zu setzen.

Er gewöhnte sich an, morgens vor der Arbeit eine Stunde durch den Wald zu joggen, und fuhr zweimal in der Woche in ein Kraftsportcenter zum Training, um nicht aus der Form zu kommen.

Wenn ich Jean-Philippe in Lyon traf, sprachen wir inzwischen oft über Alberta.

– Nun, wie geht es deiner Alberta, fragte er, und ich sagte: Ich fürchte, sie hat Kummer. Die Stadt gefällt ihr natürlich schon sehr, aber das Unterrichten beengt sie, auch wenn die Studenten angenehm sind; sie möchte mehr übersetzen, aber vielleicht auch möchte sie noch etwas anderes, vielleicht möchte sie wie Eugène mit einem Schweißgerät in einer Werkstatt stehen, sich die Metallteile ansehen und sagen: Dafür nehme ich eine Vierer-Elektrode, dann die Brille aufsetzen, dann einen sauberen Lichtbogen übers Metall führen, und schon halten die Teile zusammen. Aber all das geht noch nicht, weil sie zu unglücklich ist.

Wenn ich mit Jean-Philippe nicht darüber sprechen wollte, sagte ich bloß: Nun, Alberta macht mir Kummer.

Einmal sagte Jean-Philippe: Vielleicht täte es ihr einfach gut, sich zu verlieben, zu heiraten, ein Kind, et voilà.

Es gefiel mir nicht, wie er das sagte, es hatte einen lauern-
den Unterton und klang wie eine Testfrage, und beinahe
wäre ich deshalb aufgefahren und reingefallen, weil ich es
nicht mag, wenn Testfragen aus dem Hinterhalt abge-
schossen werden und Hintergedanken enthalten, aber
dann schien es mir klüger, das nicht gehört zu haben, ich
sagte: Ich denke, sie muß etwas warten, bevor sie weiß, wie
sie da rauskommt, bei Frauen ist immer gleich der ganze
Mensch von Liebeskummer betroffen und lahmgelegt.
Geben wir ihr etwas Zeit.

Jean-Philippe sagte: Mir scheint, du wartest auch. Dann
wechselte er das Thema und erkundigte sich nach den Rosen, die ich noch vor Einbruch der Winterfröste mit seiner
Mutter vor die Rebstockreihen pflanzen wollte, und wir
hatten uns den Herbst über nicht auf die Rosensorte einigen können, Elise und ich, Elise wollte die hellrosa kleinen
»Bonicas«, ich versuchte, sie zu den kräftigen »Leonardos«
zu überreden.

– Sie hat sich nun endgültig für »Bonica« entschieden,
sagte ich, und Jean-Philippe sagte kopfschüttelnd: Nun, es
ist ihr Haus und ihr Weinberg.

Ich stellte mir noch einmal vor, wie schön der Hang mit
den prächtigen »Leonardos« ausgesehen hätte, und setzte
am Ende die »Bonicas« dann allein, weil Elise von der
Herbstfeuchtigkeit wieder ihre Kreuzschmerzen kriegte.
Mit den Rosen und einer Radioarbeit war ich eine ganze
Weile beschäftigt, zumal mir Cécile bei den Rosen manchmal half, was die Sache natürlich hinzog.

Nadan pflanzte einen Holunderbusch und einen Ahornbaum.

Alberta hatte eine Zimmerlinde und ein Hibiskusbäumchen, das ihr einging, während sie Weihnachten bei ihrer Mutter in Wiesbaden war. Ihre Mutter fand es nicht normal, daß sie immer noch nicht verheiratet war. Mehrmals täglich. Einmal gab es Streit deswegen.

Nadan fuhr Weihnachten zu seinen Eltern ins Münsterland. Die Eltern gingen ihm mit ihrem Stolz auf seine amerikanische Karriere, überhaupt mit ihrem Stolz auf den einzigen Sohn, ziemlich auf die Nerven. Auf der Hinfahrt hatte er erwogen, sie zu fragen, ob sie nicht bei ihm leben wollten, wenn die Mutter nächstes Jahr pensioniert würde, das Haus war groß genug, und schließlich hatten beide Eltern beachtliche Bausparverträge an dieses Haus gegeben, und dann immer wieder Darlehen, von denen alle drei wußten, daß er sie nicht zurückzahlen müßte, der einzige Sohn. Als er wieder zurückfuhr, hatte er sie aber nicht gefragt.

Ich fuhr mit Cécile zu meinen Eltern nach Berlin.

Aus Orléans kam währenddessen Jean-Philippes Bruder Bruno mit seiner Frau und den beiden Kindern nach T. Sie wohnten in Céciles und meinem Zimmer, und als wir nach Hause kamen, hatte Brunos Jüngster an meinem Lieblings-Chagall mit Wachsstift etliche Korrekturen und Ergänzungen angebracht, und Cécile heulte eine Weile, weil an ihrer Braut-Barbie kein Kopf mehr war, und ohne Kopf kann die Braut nicht zur Hochzeit.

Ich versprach ihr, daß wir nächstes Jahr Weihnachten zu Hause bleiben würden. Der Kopf fand sich schließlich in der Playmobil-Kiste und wurde wieder aufgesetzt, aber die Braut war geschändet und wurde nie mehr die alte.

Alberta nahm sich vor, nächstes Jahr nach Tunesien zu fahren, und Nadan dachte an Skilaufen, nur Brunos Familie dachte auf der Heimfahrt: Nächstes Jahr fahren wir wieder nach T.

Langsam fing Alberta an, ihre Tage in Lyon zu zählen. Sie bereitete ihre Studenten auf die Prüfung vor, korrigierte später die Klausuren, übersetzte einen Krimi von Gabrielle Goudard, dessen penetrant strahlende Heldin ihr von Anfang an nicht gefiel, hundertneunzig Seiten lang ärgerte sie sich über das modische Selbstbewußtsein dieser Lederhosenpuppe von einer Frau und war ihrerseits zu unglücklich, auch zu lustlos, um überhaupt weiter als vom Morgen bis zum Abend zu denken, und dann war der Tag abgehakt und vom Kalender gestrichen.

Manchmal träumte sie wirres Zeug und fuhr aus dem Schlaf auf. Einmal dachte sie beim Aufwachen mitten in der Nacht, Nadan liege neben ihr und schliefe. Sie erschrak, und es fiel ihr ein, daß Nadan tatsächlich einmal eine Nacht lang neben ihr gelegen und geschlafen hatte, und sogar sie hatte einmal eine Nacht lang neben ihm gelegen und nicht gehustet, sondern geschlafen. Am Morgen war sie wach geworden durch eine Berührung. Sein Arm war eiskalt gewesen. Sie hatte mit dem Fuß nach seinem

Bein getastet und dann vorsichtig seine Schulter angefaßt. Schließlich hatte sie voller Entsetzen gesagt: Das kann doch nicht sein, daß du dich kalt schläfst, du bist tatsächlich kalt wie ein Stein. Nadan war aufgewacht und hatte, halb Abwehr, halb Angriff, aus dem Schlaf heraus gesagt: Du glühst, als hättest du die ganze Nacht wer weiß wo geschmort.

Während Alberta die Tage zählte, kam Nadan manchmal, bei der Arbeit, im Gespräch mit einem Kollegen in H., beim Kraftsporttraining, ach, immer so zwischendurch, der Gedanke an einen Satz, den er mit: Ah, so, beantwortet hatte. Er hatte nicht damit gerechnet, daß Alberta sofort den Hörer auflegen würde. Wenn er es sich recht überlegte: Er hatte damit gerechnet, daß sie nach dem Satz ein Lamento anstimmen und ihn fragen würde: Was soll ich nun tun? Sicherheitshalber war er unbestimmt und in der Reserve geblieben.

Es ist für jeden Mann eine gefährliche Situation, wenn eine Frau, die erstens eine Mizzebill ist und mit der man zweitens eine danebengegangene Urgeschichte und kürzlich gerade zum etlichsten Mal wieder stillschweigend vereinbart hat, sich lebenslänglich nicht mehr zu sehen oder auch nur anzurufen, plötzlich anruft und verkündet, soundso. Ein geradezu klassischer Satz. Da sagt man als Mann am besten: Ah, so, weil dieser Satz für jeden Mann in dieser Lage die stilistische Sorge schlechthin bedeutet und auf der Stelle sozusagen eine stilistische Gesamtkonfusion in Kopf und Seele anrichtet, auf die er nicht vorbereitet ist, selbst wenn er seit seiner Jugend so überaus vorausschauend war und drei Kinderzimmer in sein Haus eingebaut hat wie Nadan. Wenn Nadan weiter überlegte, ob ihn der Gedanke rührte, daß eins seiner Kinderzimmer inzwischen bewohnt sein könnte, anstatt daß der Heimwerker von einem Familienvater daran herumgepfuscht und Leitungen über Putz gelegt hätte, dachte er: Irgendwie schon.

Dann fiel ihm das Weitspuckturnier am Eßplatz ein.

Dann fand er in seiner Erinnerung: Er war damals gleich voller Argwohn gewesen, vielleicht sogar voller Wut, das konnte er nicht so gut unterscheiden; der Satz hatte ihn jedenfalls auf der Stelle und vollständig gegen Alberta eingenommen, und er gratulierte sich, auf der Hut gewesen zu sein und sich nicht herumkriegen gelassen zu haben von dieser Mizzebill, dieser Heuschreckenplage, deretwegen er dieses sinnlose Haus gebaut hat. Und sie begreift es nicht, sondern steht erschrocken in dem Haus herum und wird sofort asthmatisch, bloß weil keine Möbel drinstehen oder weiß der Himmel warum, schaut sich um und merkt nicht, daß das in Wirklichkeit ihr Haus ist, und alles hat er sich ganz genau für sie passend ausgedacht. Möbel wollte er mit ihr zusammen aussuchen. Sogar ein eigenes Zimmer hat sie und einen riesigen Einbauschrank für ihre schrecklichen Wintermäntel, die er ihr mit der Zeit abgewöhnen würde, genauso wie das Rauchen, die Riemchensandalen mit den flachen Absätzen und ihre weiten gelbschwarz gestreiften Flatterkleider.

Die Frauen, die Nadan kannte, trugen keine Flatterkleider, die sie sich mit einer Bewegung über den Kopf rüber auszogen, und dann waren sie praktisch schon fast alle Kleidung los, sondern schmale Röcke mit Reißverschluß und Schlitz an der Seite oder hinten, helle Leinenhosen mit passenden Blusen und Jacken darüber. Ein bißchen Eleganz hätte auch einer Mizzebill gut gestanden, fand Nadan, der inzwischen in der Welt gewesen war und gelernt hatte, Reißverschlüsse und Knöpfe zu öffnen. Er sah vor sich, wie sie so ein Flatterkleid ruck zuck über den Kopf zog, und er sah vor sich, wie sie dann da stand, keine Frau, sondern eine Mizzebill. Und dann am Telefon dieser Satz. Das war kein Mizzebill-Satz gewesen. So ein Satz stand einer Mizzebill gar nicht zu.

Manchmal ertappte er sich dabei, wie er auf dem Rückweg vom Kraftsportcenter zur Tiefgarage nach dem Training in den Schaufenstern eines Juwelierladens nicht nur die Herrenarmbanduhren anschaute, sondern Ohrringe aussuchte.

Dann verwunderte ihn der Gedanken, daß er die Frau, für die er die Ohrringe aussuchte, weder leiden konnte noch im entferntesten kannte. Er dachte, wie sonderbar, daß ausgerechnet mir sowas passieren muß. Er hätte inzwischen gern eine Frau gehabt, und zwar eine unkomplizierte Frau, eine, an der er nicht auf Schritt und Tritt etwas auszusetzen hätte, eine Familie, ein geregeltes und bewohnbares Zuhause. Er träumte davon, irgendwann seine Dozentenstelle aufzugeben, sich selbständig zu machen und endlich vielleicht im obersten Stock die kleine Sternwarte einzubauen, die in den Bauplänen vorgesehen, aber dann nicht ausgeführt worden war.

Der Winter war eisig. Cécile hatte eine Bronchitis, die in T. nicht ausheilen wollte, und so fuhr ich mit ihr in den Winterferien ans Meer. Jean-Philippe konnte oder wollte sich nicht freinehmen, und ich verstand ihn gut. Nichts ist langweiliger, als zwei Wochen im Februar am Meer zu verbringen, und ich langweilte mich. In der ersten Woche wartete ich. Endlose Stunden lang, während ich mit Cécile Maumau spielte oder versuchte, gegen den viel zu starken Wind einen Lenkdrachen zum Steigen zu bringen, wartete ich, daß Jean-Philippe am Wochenende herunterkäme. Schließlich kam er, war liebenswürdig, aber zerstreut und abwesend, und es war klar, daß er nur aus Pflichtgefühl die vier Stunden heruntergefahren war und eigentlich lieber oben geblieben wäre. Sonntag mittag war er erleichtert, er hatte Céciles Lenkdrachen zum Steigen gebracht, und es hatte ihr Spaß und rote Backen gemacht, auch wenn sie selbst noch zu klein war, um ihn zu halten, und nun saßen wir in einem der wenigen geöffneten Restaurants am kleinen Hafen und aßen fritierte Fischlein und überbackene Austern, tranken Weißwein, und Jean-Philippe war bester Dinge. Dann sagte er: Wie ist es eigentlich mit Alberta weitergegangen?

Angesichts der nächsten Woche, die vermutlich genauso langweilig werden würde wie die erste, vielleicht noch langweiliger nach Jean-Philippes Erfolg mit dem Lenkdrachen und meinen zu erwartenden weiteren Mißerfolgen damit in den nächsten Tagen, angesichts der guten Laune von Jean-Philippe, die eindeutig damit zu tun hatte, daß er sich freute, nach dem Essen wieder hochfahren zu können, angesichts der offenkundigen Tatsache, daß ich nicht arbeiten kann, wenn ich wegen Céciles Bronchitis ans Meer gefahren bin, fand ich die Frage unfair, regelrecht eine Provokation. Ich sagte: Danke. Schon wesentlich besser inzwischen. Weißt du, sie hat in der letzten Zeit die Tage gezählt, aber jetzt ist der Frühling in Sicht, irgendwas tut sich. Der Appetit kommt langsam wieder.

– So? sagte Jean-Philippe und sah mich aufmerksam an.

Ich sah ihn auch aufmerksam an.

Dann kamen die Blaubeer-Bavaroise und der Kaffee, und Jean-Philippe hatte es plötzlich eilig mit der Rechnung und dem Aufbruch. Ich sah den Renault in der Kurve verschwinden und dachte: Irgendwas geht zwischen Männern und Frauen einfach immer daneben.

Danach wartete ich wieder, aber es war ein anderes Warten, nicht mehr auf Jean-Philippe, sondern ein gegenstandsloses, unruhiges Warten, voller Mißtrauen. Ich hatte das Gefühl, es liegt etwas in der Luft, aber ich wußte nicht, was. Ich hasse solche Ahnungen, weil ich ihnen so ausgesetzt bin und mystisches Zeug nicht ausstehen kann, und leider weiß ich inzwischen, daß diese Ahnungen immer recht behalten, auch wenn ich sie nicht verstehe und nur als seltsame Warnungen der Zukunft an den Augenblick jetzt begreifen kann. Ich hasse meine Ahnungen dafür, daß sie mir Angst machen und immer recht behalten. Ich wußte nicht, ob sie mit Jean-Philippe zu tun hatten oder mit Alberta. Oder mit mir.

Cécile tat die Salzluft gut, es ging ihr tagsüber inzwischen besser, nur nachts hatte sie immer noch ihre Hustenkrämpfe. Mehrmals nahm ich sie zu mir rüber in mein Bett, um sie zu beruhigen. Sie hustete dann noch ein bißchen weiter und schlief aber rasch ein, und wenn sie so dalag, entspannt, mit geschlossenen Augen und dem schwarzen Halbkreis ihrer dichten Wimpern, ähnelte sie ihrem Vater. Wir waren inzwischen acht Jahre verheiratet, und seit Céciles Geburt lebte ich in T. Ich war immer einverstanden damit gewesen, obwohl wir nicht geplant hatten, so viele Jahre bei Jean-Philippes Eltern zu wohnen. Wir waren da hineingerutscht, und es war dann eben einfach gut so gegangen.

Ich wußte nicht, ob es immer noch gut ging.

Alberta lernte in diesem Frühling in Lyon einiges: Sie lernte Froschschenkel zuzubereiten, sie lernte, sich die Haare dunkelrot zu färben. Sie lernte, sich auf dem Rücksitz von Eugènes Motorrad nicht immer mit dem ganzen Oberkörper gegen jede Kurve zu verteidigen. Sie lernte, bei welcher Metallstärke eine Dreier-Schweiß-Elektrode eingesetzt wird und bei welcher Stromstärke, sie lernte, beim Schweißen den Lichtbogen nicht zu lang und nicht zu kurz zu halten und die Schweißstellen glattzuflexen, und aus Blechteilen, Drähten, Eisenstangen schweißte sie bizarre Gestalten, über die sie dann staunte, weil sie zusammenhielten. Weiter lernte sie, sich warmes Wachs mit einem Holzspachtel auf die Beine zu streichen und fünf Minuten später mit einem Ruck nach unten hin abzuziehen, sie lernte Cognac mit Tonic-Wasser schätzen, und eines Tages warf sie ihre gesamte Unterwäsche weg und kaufte sich neue. Was Frauen so machen, wenn sie ein neues Leben anfangen. Manchmal sah sie sich, wie sie in zu engen Hochwasserhosen und mit dem wehenden rosa Oberhemd ihres Vaters, das sie ihm aus dem Schrank geklaut hatte, mit frisch gewaschenen Haaren an die Stelle kommt, wo das Lagerfeuer sein sollte, und Nadan macht etwas an dem Knöchel oder Knie oder jedenfalls Bein von dieser Bettina herum. Das ist lange her. Auch Nadans Haus ist inzwischen schon lange her, dieses Leben, das er geplant und sich ausgedacht hatte für sie, ach Unsinn: doch nicht für sie, für irgend jemand, den er sich gleich noch mit ausgedacht hatte. Jedenfalls nicht für sie.

Ich schlief ungewöhnlich schlecht. Das hatte sicher mit den Hustenanfällen von Cécile zu tun, aber in T. hatte sie schlimmer gehustet, und ich hatte besser geschlafen. Es lag etwas in der Luft.

Während ich wachlag, versuchte ich mich zu erinnern, was Nadan gesagt hatte, als er Alberta das Doppelleben erklärte. Mir war, er hatte gesagt: Kannst du dir vorstellen, ein Doppelleben zu führen? Und Alberta hatte gesagt: Ach weißt du, Doppelleben, das ist so alt wie die Welt.

Darauf hatte Nadan gesagt: Stell dir vor, du nimmst zwei Steine und wirfst sie ins Wasser. Wo sie reinfallen, bilden sich kleine Kreise. Um die Mitte herum.

– Und? hatte Alberta gesagt.

– Und dann größere und immer größere, lauter konzentrische Kreise.

Alberta hatte nicht verstanden, was er sagen wollte, aber sie mochte gern, wie konzentriert er dabei aussah.

– Nun, hatte Nadan gesagt: Und dann überschneiden sich die. Manche mehr, manche weniger.

Er schien das für eine ausreichende Begründung dafür zu halten, warum er über Doppelleben nachdachte. Alberta hatte dann auf die Vatertagsväter auf dem kleinen Wiesenpfad gedeutet und gesagt: Jeder zweite träumt auch von so einem Doppelleben, und Nadan hatte mit der Hand abgewinkt und etwas geheimnisvoll gesagt: Ist schon gut, aber ich meinte es anders. Er hatte dann nicht weitergesprochen, und so wußte Alberta nicht, wie er es meinte. Sie stellte sich vor, daß er es vielleicht aus Filmen hatte, aus Agentenfilmen, James Bond oder so. Daran war nichts geheimnisvoll, oder Alberta begriff es nicht. Es würde wahrscheinlich, so dachte sie, eher mit dieser danebengegangenen Urgeschichte zu tun haben, und ihr dämmerte, daß Nadan Marlon Brando im »Letzten Tango« im Sinn gehabt haben könnte. James Bond konnte sie nicht leiden. Am »Tango« hatte ihr nie gefallen, daß Marlon Brando am

Ende von diesem lockenköpfigen Pummelchen erschossen wird.

Die Sonne schien auf die Frühlingswiese, Alberta legte sich ins Gras, sie schaute den Himmelfahrtshimmel an, dessen Blau keinerlei Spuren des gelben Gifts zeigte, und überlegte, daß Nadan doch nicht im Ernst so ein Leben meinen konnte. Es paßte ihr nicht, daß am Ende Nadan von ihr, Alberta, die weder einen Lockenkopf noch sonst irgendeine Ähnlichkeit mit diesem Pummelchen hatte, im Ernst erwarten könnte, daß sie ihn, der nicht die allergeringste Ähnlichkeit mit James Bond oder Marlon Brando hatte, ordinärerweise erschießen sollte, bloß weil sie eine Heuschreckenplage und eine Mizzebill war und Nadan trotz seiner lächerlichen Krawatte lebenslang so liebte, daß sie mit ihm bis kurz vor Mannheim durchgebrannt war, um auf dem Balkon zu übernachten und sein Gurgeln aus dem Badezimmer hören zu müssen.

Das Geheimnis um das Doppelleben und besonders das dazugehörige ordinäre Erschießen gefielen Alberta nicht. Sie würde sich darauf genausowenig einlassen wie auf das Haus, in dem sie sich doch nur Nacht für Nacht wieder zugrunde husten würde.

Je länger ich nachts über Nadan nachdachte, um so wütender wurde ich. Es brauchte eine Weile, bis mir klar wurde, warum. Ich mag nämlich Männer, ich mag sogar solche Männer wie Nadan, die aus irgendeinem Grund, vielleicht weil sie Astrophysiker sind oder was weiß ich, sobald sie unter Liebe stehen, mit aller männlichen Entschlossenheit die energischsten Schritte in zwei verschiedene Richtungen auf zwei entgegengesetzte Ziele unternehmen. Sie rennen los, und unterwegs merken sie natürlich, daß die Ziele sich ausschließen, und dann zerreißt es sie, und der ganze Entwurf kracht in sich zusammen. Eigentlich wollen sie nichts lieber als ungefähr von morgens bis abends mit Haut und Haar von ihrer schrecklichen Heuschreckenplage aufgefressen werden, aber doch vielleicht lieber in einer Einfamilienfestung, in der alle Leitungen ordentlich unter Putz liegen und die Kinder ihren Mohrrübenbrei löffelweise brav runterschlucken, anstatt Turniere an die Wände zu spucken. Dann merken sie bald: So geht das nicht zusammen, die Heuschreckenplage und das. Und dann kommen sie auf das Doppelleben mit James Bond und anschließend dem Marlon-Brando-Erschießen.

Aber wenn die Heuschreckenplage in einem Leberwursttraum von einem Hotel kurz vor Ludwigshafen oder Mannheim sagt: Du meine Güte, was ist das für ein Schlafanzug, zieh doch um Himmels willen den Schlafanzug aus, sonst kann ich dich nicht gut fressen, weil der Heuschreckenplage ein solcher Schlafanzug stilistische Sorgen bereitet und auf den Appetit schlägt, daß ihr ganz schlecht davon wird, dann wird aus dem geplanten ordinären Erschießen aus Leidenschaft, aus dem ganzen »Tango« die schlichte Migräne.

Wie gesagt, ich mag Männer, und Männer wie Nadan vielleicht besonders, und es amüsierte mich, mir vorzustellen, wie er am Balkonfenster eines Hotels steht, düster in Richtung Mannheim oder Ludwigshafen starrt, der Dunkelheit draußen soeben zum etlichsten Male erklärt hat, wie ein Mann und eine Frau zusammenleben sollten, Alberta liegt fassungslos auf dem Bett und raucht eine Zigarette nach der anderen, versucht es zum etlichsten Mal mit dem Rösselsprung, vielleicht wird sie ja endlich verrückt, mein Liebchen, Nadan verstummt, als er ihrem Schweigen anhört, daß sie in den Rösselsprung vertieft ist, und stumm erklärt er ihr weiter seine Idee von einer gemeinsamen Zukunft, die schon mit einer Bettina die blanke Tristesse gewesen war.

Alberta würde zum Rauchen nicht auf den Treppenflur gehen, sie rauchte sogar im Bett. Nichts wäre schlimmer für Nadan, als diese Mizzebill dauernd im Haus zu haben. Und dennoch: Nichts wäre schlimmer, als diese Mizzebill nicht zu kriegen.

In die Feindseligkeit hinein und durch den Zigarettennebel hindurch sagte Nadan im gebügelten Schlafanzug dann diesen Satz, über den ich jedesmal, wenn ich ihn mir zitierte, Tränen hätte lachen können.

– Ich weiß nicht, wieso ich immer mit dir schlafen will, das Letzte auf der Welt, was ich will, ist nämlich, mit dir schlafen zu wollen.

Alberta unterbrach das Rösselspringen an dieser Stelle, weil sie feststellte, sie wurde langsam verrückt, mein Liebchen. Sie nahm sich eine neue Zigarette aus der Packung auf dem Nachttisch, trank einen Schluck Leitungswasser aus dem Zahnputzbecher, den sie heute gleich am frühen Abend auf den Nachttisch gestellt und inzwischen zweimal im Bad schon nachgefüllt hatte, und sie leistete sich selbst den feierlichen Eid, daß sie, wenn sie hier je wieder rauskommen sollte, zu Hause als erstes eine Flasche Côtes du Rhône aufmachen und mit sich selbst anstoßen würde. Danach sagte sie: Ich schlage vor, du tust erstmal, was du willst, und danach können wir metaphysisch werden. In dieser Reihenfolge. Die Prozedur ist so alt wie die Welt.

Und jetzt sagte Nadan: Ich tu nur, was ich auch wollen will.

Genau dieser Satz war es, der mich wütend machte.

Ich nahm mir vor, Jean-Philippe zu fragen, ob es ein Satz ist, der irgendwas mit irgendeiner längst verstorbenen Religion oder Philosophie zu tun hatte. Ich hatte das Gefühl, und Jean-Philippe kannte sich damit aus.

Schließlich war auch die zweite Woche vorbei. Es war nicht ungewöhnlich, daß Jean-Philippe nur ein einziges Mal kurz angerufen und mit Cécile geplaudert hatte, und: Bisoux à maman. Cécile hatte sie gewissenhaft ausgerichtet. Ich hatte einmal abends in Lyon angerufen, aber es war nur der Anrufbeantworter drangewesen.

– Ich bin's, es ist nichts weiter, ein froid de canard hier, à bientôt, hatte ich gesagt, und jetzt war ich trotz meines unruhigen Gefühls froh, nach T. fahren zu können.

Cécile saß auf der Rückbank im Kindersitz und hörte zum drittenmal die Rotkäppchen-Kassette auf französisch. Die

A7 war voller Baustellen, und ich dachte, man repariert im Frühling die Winterschäden, im Herbst die Sommerschäden, im Frühling die Winterschäden, dann merkte ich, daß ich diesen Gedanken automatisch und im Kreis dachte, um meine unangenehme Unruhe zu beschwichtigen. Mehrmals wurde die Autobahn zweispurig. An einer Stelle, an der ein Lkw umgekippt war, hatten sie mobile Ampeln aufgestellt, und ein Straßenarbeiter überwachte den Verkehr mit einer grün-roten Kelle. Ich stand. Es dauerte. Aus der Gegenrichtung kamen endlos im Schrittempo die Autos, jede Menge Lkws vor dem Wochenende. Einer der letzten Wagen aus der Gegenrichtung war ein silberner Ford mit deutschem Kennzeichen. Ich sehe mir immer die Gesichter der Fahrer an, die ich überhole oder die mir entgegenkommen, weil ich denke, man muß wissen, mit wem man es zu tun hat und ob er zurechnungsfähig ist, es ist lebenswichtig. Ich sah also das Gesicht des Fahrers in dem silbernen Ford, unsere Ampel wurde grün, ich fuhr an, Cécile konnte das Rotkäppchen auswendig und plapperte mit. Der Tankwagen vor mir versperrte mir den Blick auf die Straße, der umgekippte Lkw sah aus wie ein gestrandeter Wal.

Wenn der Bart nicht gewesen wäre: – ich hätte schwören können, daß der Fahrer des silbernen Fords Nadan gewesen war. Andererseits: konnte sich Nadan natürlich einen Bart wachsen gelassen haben. An meinem Schreck und den nassen Händen am Lenkrad merkte ich, es mußte Nadan gewesen sein. Ich konnte mich nicht erinnern, ob er allein im Auto gesessen hatte. Nach der Baustelle überholte ich den Tankwagen. Cécile wollte ein Joghurt und bekleckerte sich, und nach einer Weile dachte ich dann nicht mehr an das Gesicht in dem silbernen Ford.

Wir kamen spät in T. an. Es war dunkel, als ich in den Hof einbog. Elise hatte den Motor gehört, machte das Außenlicht an und kam uns entgegen. Der Traktor und die Autos der Schwiegereltern standen auf dem Hof. Cécile war überdreht, sie sprang an ihrer Großmutter hoch und mußte ihr sofort die neue Haarspange aus Muschelschalen zeigen, die ich ihr in einem Andenkenladen gekauft hatte. Jean-Philippes Renault stand nicht im Hof, und genau in dem Moment, als ich sah, sein Wagen ist nicht da, merkte ich, daß ich nichts anderes erwartet hatte.

Natürlich hatte er angerufen und Bescheid gesagt. Die Begründung vergaß ich sofort. Er rief sogar später noch einmal an. Elise machte die Suppe für uns warm und nachher noch einen Salat, wie Cécile ihn mochte, mit Speck- und Brotwürfeln. Jean-Philippes Vater trank nach dem Wein und dem Essen einen Marc, und ich trank ein Glas mit, und als Jean-Philippe anrief, kam der Anruf aus einer Telefonzelle, und er hörte sich an, als hätte er auch einen Marc getrunken. Er hörte sich an wie manchmal, wenn wir nach dem Dîner in der Rue des Maronniers, nach dem Kaffee, nach dem Marc, die paar Schritte bis zur Place Bellecourt gingen und dann hoch. Es war dieses gewisse Samtige in der Stimme. Ich konnte ihn vor mir sehen, das Restaurant, den gewölbten kleinen Eßraum, die Plakate an den Wänden, ein paar Grünpflanzen, die Holztreppe, die in den

oberen Bereich führte. Ich war sicher, er hatte Froschschenkel als Vorspeise und Kalbskopf mit Sauce Gribiche
als Hauptgericht gegessen, anschließend Käse und Kaffee
gehabt und einen Marc getrunken. Mir kam es vor, das
Restaurant sei von jetzt an entweiht.

Immerhin war es taktvoll, daß er von unterwegs aus anrief
und erst seinem Vater und dann mir nichts von seinem
Dîner in der Rue des Marroniers erzählte. Er sagte im we-
sentlichen, das Wetter sei ekelhaft. Dieser Wetterbericht
paßte auf lächerliche Weise ganz und gar nicht zu seiner
weichen, samtigen Stimme.

Ich brachte Cécile ins Bett. Elise unten in ihrer Küche klap-
perte übertrieben laut das Geschirr in die Spülmaschine,
und als ich später hinunterging, um gute Nacht zu sagen,
sagte Jean-Philippes Vater: Du trinkst doch noch einen
Marc mit einem alten Mann.

Ich trank sehr gern noch einen Marc mit dem alten Mann.
Ich ging gelegentlich abends nochmal runter, wenn es mir
oben lang wurde mit meinen eigenen Gedanken und Geschichten, wenn ich nicht mehr arbeiten mochte oder wenn
Jean-Philippes Vater bei mir anrief und sagte: Du wirst
doch noch eine Stunde mit einem alten Mann sitzen. Elise
war dann schon ins Bett gegangen, Cécile schlief, und ich
saß noch eine Stunde mit Jean-Philippes Vater, bevor ich
auch schlafen ging.

Er goß den Marc ein. Er hatte, während ich mit Cécile am
Meer gewesen war, den Wein geschnitten. Die neu gesetz-
ten Bonica-Rosen hatten den Winter gut überstanden. Da-

nach wurde er still. Draußen heulte ein Kater. Unsere Katze war drin.

Einen Moment lang dachte ich: Wenn je herauszufinden wäre, was zwischen Männern und Frauen danebengeht, dann jetzt.

Aber da sagte Jean-Philippes Vater: Ihr solltet da oben eine Pergola auf der Terrasse haben, euch steht die Sonne zu sehr auf den Kopf. Ich sagte: Wir haben auch schon darüber nachgedacht, aber Jean-Philippe ist zu selten da. Der alte Mann sagte unwirsch: Jean-Philippe, Jean-Philippe. Monsieur le philosophe se promène dans la vie. Um ihn zu beschwichtigen, sagte ich: Hör zu, du hast recht, laß uns das machen. Wenn du Zeit hast, machen wir eine Pergola.

Es war das letzte, was wir jetzt brauchten, aber es dauerte keine drei Tage, da fingen wir damit an. Mehr oder weniger sah ich dann aber nur vom Schreibtisch aus zu, wie die Funken sprühten, weil ich selbst mit einer Auftragssache beschäftigt war, bei der mich inzwischen ärgerte, daß ich sie übernommen hatte, weil ich wohl wegen der elend vielen verstecken Zitate in diesem geblähten Roman von Vallot demnächst häufiger nach Lyon in die Bibliothek müssen würde. Ich wollte gerade jetzt nicht so gern oft nach Lyon.

Ich dachte mir aus, was ich sagen würde, wenn Jean-Philippe das nächste Mal nach Alberta fragte.

Wahrscheinlich würde ich sagen: Ihre Zeit hier ist demnächst um. Wenn Jean-Philippe dann den Kopf schräg legen, mit den Augen lachen und sagen würde: So, meinst du?, wäre es gut.

Bevor ich in der Woche darauf nach Lyon fuhr, rief ich im Institut an und sagte der Sekretärin, daß ich kommen würde. Normalerweise machte es mir Spaß, Jean-Philippe zu überraschen, aber diesmal wollte ich lieber keine Überraschung sein und erleben. Beim Essen abends erzählte ich ihm von der Pergola. Erwartungsgemäß war die Pergola das letzte, was ihn interessierte. Was ihn interessierte, lag überhaupt weit außerhalb dessen, worüber er mit mir sprechen mochte. Worüber er mit mir sprechen mochte, fiel ihm offenbar gerade nicht ein, und es war dann geradezu ein Glücksfall, daß der Kalbskopf in dem entweihten Restaurant nicht weichgekocht war. Den Marc zum Kaffee schlug ich aus, weil ich noch zurückfahren und morgen zeitig an die Arbeit wollte. Jean-Philippe wurde vor Erleichterung gesprächig und leichtsinnig.

– Apropos Arbeit, sagte er.

– Apropos Arbeit, sagte ich, es würde mich wundern, wenn sie diesem Vallot nicht einen Plagiatsprozeß anhängen würden, so wie er hemmungslos überall klaut, was er findet.

Dann fragte Jean-Philippe nach Alberta.

Dann sagte ich leise: Oh, Alberta empfängt einen Liebhaber.

Alberta empfängt
einen Liebhaber

Der Anrufbeantworter hatte vier Anrufe aufgezeichnet.

Der dritte war es.

– Ich bin's. Ich rufe nachher wieder an.

Mir wurde schwach, ich stellte die Einkaufstüten auf den Küchentisch und hörte mir den Satz nochmal an. Dann nochmal. Und dann bekam ich Angst.

Der Satz klang so, daß es mir vernünftig schien, Angst zu bekommen. Er klang wie eine Drohung. Und er stand plötzlich mitten in meinem Leben. Ich hatte ihn nicht eingeladen. Diesmal nicht. Die Kommunikationstechnologie ist eine verfluchte Sache, dachte ich. So neu ist der Gedanke nicht, aber manche Gedanken brauchen ihre Zeit, oft Jahre, bis sie physisch werden. Dieser wurde durch den Satz: Ich bin's, ich rufe nachher wieder an, zum Anfassen physisch.

Die Angst war in Ordnung. Jetzt aber bloß nicht panisch werden, dachte ich, packte die Tüten aus und räumte die Milch und die Lammnieren in den Kühlschrank. Mit dem Zeitunglesen fing ich erst gar nicht an, es wäre jetzt nichts daraus geworden. Ich schrieb mechanisch zwei Briefe und faxte sie weg. Während sie durch den Faxapparat liefen, hatte ich sie schon vergessen.

Nach einer Weile fing ich an, mich zu fragen, wann »nachher« sein würde und ob vielleicht »nachher« jetzt ungefähr anfinge, es war später Vormittag und also vielleicht schon »nachher«, aber wahrscheinlich doch noch zu früh. Es ist erschreckend, wie kindisch manche Berechnungen sein können, die ein erwachsener Mensch anzustellen imstande ist. Ich erinnere mich, daß ich nach einigen ziemlich verwinkelten Überlegungen beschloß, »nachher« könne kaum vor drei Uhr anfangen. Das war selbstverständlich ohne Bedeutung, aber es könnte schließlich sein, daß es mich beruhigen würde.

Als ich damit fertig war, beruhigte es mich überhaupt nicht.

Die Aussicht, daß mir bis gegen drei Uhr Stacheln wachsen würden, war gering.

Ich habe die komische Angewohnheit, manchmal zum Spiegel zu laufen, nicht aus Eitelkeit, sondern eher um nachzusehen, ob mein Gesicht noch da ist. Ich vergewisserte mich mehrmals, und jedesmal war es noch da. Nebenbei stellte ich fest, daß es das Doppelte der Altersgrenze sichtbar überschritten hatte. Normalerweise macht mir das nicht sehr viel aus, und ich ärgerte mich über mich selbst, daß es mir heute etwas ausmachte.

– Ma vieille, sagte ich zu meinem Spiegelbild. Dann sagte ich einen Termin ab, der in den vermuteten »Nachher«-Zeitraum fiel, und wußte natürlich, daß das ein schwerer Fehler war; nicht daß der Termin sehr wichtig gewesen wäre, aber man darf unter keinen Umständen wegen einer

Stimme auf dem Anrufbeantworter, die sagt: Ich rufe nachher wieder an, gleich Termine absagen.

Ich wusch mir die Haare. Das Telefon nahm ich mit ins Bad.

In der Badewanne schien mir einen kleinen Moment lang, daß wir der Sache inzwischen womöglich gewachsen sein könnten, und darüber mußte ich lachen, weil ich wußte, daß es unmöglich war.

Vielleicht kann man der Sache gar nicht gewachsen sein, dachte ich, aber nun war ich nicht mehr jung und merkte, es ist sehr viel schwieriger, ihr nicht gewachsen zu sein, wenn man nicht mehr jung ist und sie aufgehört hat, ein Spiel zu sein, weil sie schon über zwanzig Jahre Zeit hatte, sich mit Leben vollzuschlagen. Die Sache war auch kein Spiel gewesen, als ich jung war, aber damals wußte ich das noch nicht, und jetzt wußte ich, daß sie ernst wurde.

Ich versuchte, noch etwas an die Arbeit zu gehen, bevor es »nachher« wäre, aber der Text sprach nicht mit mir. Es war eine technische Übersetzung, und ich verstand nicht, was eine nichtreziproke Reflexion in der Voigt-Geometrie bedeutet.

Als es um drei Uhr immer noch nicht »nachher« war, merkte ich, daß der Tag mir entglitten war, weggerutscht. Mein Kopf fühlte sich fiebrig an. Gegessen hatte ich natürlich nichts.

Es ist im Grunde ganz erstaunlich, dachte ich, wie schlecht die Menschen für eine so ernste Sache ausgestattet werden, die doch jedem irgendwann einmal passiert oder beinahe jedem, und manchen sogar öfter. Es gibt Lehrgänge und Kurse für und gegen jeden Quatsch auf der Welt, ich kann Paläographie, Crêpes Suzette und Buchhaltung lernen, Fahrstunden nehmen und mir alle mögliche Software vorwärts und rückwärts beibringen, ich kann Halogenschweißgeräte bedienen und flexen und faxen, Rosen pflanzen, nur mit der Liebe kenne ich mich nicht aus. Mit der Liebe kennt sich in Wirklichkeit keiner aus, obwohl es jeder behauptet und mindestens drei oder vier Theorien dazu hersagen kann. Aber wenn es ernst wird, merkt man sofort, daß die Theorien nichts taugen, weil ausgerechnet der eigene Fall nicht darin vorkommt, sondern immer nur schlichte Modelle, und die eigenen Fälle sind nicht schlicht, sondern einmalig und kompliziert; einmalig besonders auch in ihrer Unergründlichkeit, Undurchsichtigkeit, ihrer einmaligen Unverständlichkeit, Unübersetzbarkeit und der besonderen Grausamkeit, mit der sich diese einmalige Sache unausweichlich erst ernst und bedrohlich entwickelt, um einen dann mit galoppierender Geschwindigkeit aus der Kurve und in die gräßlichsten Gruben und Abgründe zu tragen. Es müßte, dachte ich, Selbstverteidigungskurse dagegen geben.

Man müßte zuerst einmal lernen können, nicht aufs Telefonklingeln zu warten.

Irgendwann merkte ich, daß ich soeben gerade dabei war, mit der dritten Gießkanne Wasser die Zimmerlinde zu ertränken.

Die Katze wurde wach, und ich sagte: C'est moi, j'appelle-
rais plus tard.

Französisch klang der Satz weniger bedrohlich, und als ich
ihn noch einmal sagte, mit gesenkter Stimme und ohne das
»Ich« vorne, merkte ich kaum mehr, daß in dem Satz kein
»Du« vorkam, es war beinahe ein zärtlicher Satz geworden. Ich strich der Katze über den Kopf, und sie fing an
zu schnurren, aber das hätte sie auch ohne den Satz gemacht.

Dann klingelte das Telefon. Ich kriegte die Sorte Schreck,
die man nur kriegt, wenn ein Anruf kommt, den man seit
Stunden erwartet hat, einen Schreck, der in den Knien
sitzt. Ich zögerte, um Luft zu holen, dann ging ich ran.
Meine Stimme wackelte bedenklich. Eine Frauenstimme
von irgendeiner Firma fragte auf der anderen Seite einfühl-
sam, ob ich eine elektrische Alarmanlage habe. Ich sagte:
Nein, ich habe keine elektrische Alarmanlage, und die Frau
erklärte mir dann alles über elektrische Alarmanlagen. Es
klang zunächst mitleidig, dann kam sie in ihren Vortrag
rein, und schließlich leierte sie ihn runter, als liefe ein
Band. Zuletzt sagte sie vorwurfsvoll, daß es etwas ist, was
ein Mensch heutzutage wegen der Diebstahls-Statistik
braucht, und ich sagte: Vielen Dank.

Gerade als ich beschloß, daß »nachher« nicht mehr heute
wäre, und an den Computer und die technische Übersetzung ging, kam der Anruf.

Wir hatten uns einige Jahre nicht gesehen. Man könnte
meinen, daß das die Sache leichter machte. Das wäre aber

ein Irrtum. Vielleicht nicht so ein verhängnisvoller Irrtum, denke ich, wie die Meinung, die Sache würde leichter, bloß weil man jeden Morgen miteinander am Frühstückstisch sitzt und einer das Zahnputzgurgeln des anderen seit Jahren kennt.

Er sagte: Mir war kürzlich, als hätte ich dich aus dem Kino da und da kommen sehen. Ich war auf dem Heimweg vom Training.

Ich hätte sehr gern gesagt: Mir ist, als wäre das eine recht kühne Eröffnung nach immerhin etlichen Jahren.

Ich sagte: Gut möglich.

Ich war in letzter Zeit nicht im Kino gewesen, aber vielleicht war ich zufällig an einem Kino vorbeigegangen, als ein Film gerade aus war, vielleicht war auch gar nicht ich es gewesen, die aus dem Kino gekommen war oder die am Kino vorbeigegangen war. Schließlich: Die Wirklichkeit ist dünn, wenn es darum geht, was einer gesehen hat. Manche sitzen auf umgefallenen Fichten im Wald und sehen einen Milchmond, während neben ihnen einer sitzt, der sieht keinen Milchmond. In ein und derselben dünnen Wirklichkeit kann ein Milchmond drin sein oder keiner. Immerhin hätte es ja sein können. Ich fragte nicht nach dem Training, weil ich dachte, ich werde mir all das nicht auch noch von vornherein schwieriger machen, als es ohnedies sein wird. Training klang nach Kraftsporttraining, und ich ziehe es vor, Männer, die Kraftsport treiben, nur von sehr fern zu kennen. Diesen Mann kannte ich von sehr nah.

– Wir haben dann nichts mehr voneinander gehört, sagte er, und ich sagte: Nein.

Hierüber immerhin herrschte die schönste Einigkeit, die aber soeben zu bröckeln begann, denn jetzt hörten wir ja voneinander.

Sobald ein Mann und eine Frau voneinander hören, steuern sie auf die Frage zu, ob in der Wirklichkeit ein Milchmond oder kein Milchmond drin war, und die Einigkeit ist erst einmal auf der Stelle gefährdet und später dann ziemlich bald hin, weil ein Mann und eine Frau, sobald sie auch nur irgend etwas, und sei es das Belangloseste auf der Welt, zusammen machen, absolut etwas Verschiedenes sehen und hören und erleben und sich später nie mehr darauf einigen können, was sie gesehen und gehört und erlebt haben, und genau darüber aber müssen sie aus irgendeinem dunklen Grund fortan versuchen, eine Einigung zu erlangen, und während sie versuchen, sich darüber zu einigen, sehen und hören und erleben sie die ganze Zeit über wieder die grundverschiedensten Dinge, über die wieder Einigung erzielt werden muß und so weiter; irgendwann geraten sie furchtbar in Streit und Verzweiflung, und es kommt zu den gräßlichsten Kriegshandlungen, weil jeder überzeugt ist, daß er das richtige Wirkliche erlebt hat, und der andere muß sich irren. Wenn er doch nur zugeben wollte, daß er sich irrt. Begreiflicherweise sind davor ganz besonders solche Leute nicht geschützt, die Unwirklichkeits-Spezialisten sind und es daher eigentlich von Berufs wegen besser wissen sollten, aber je komplizierter die

Mond- und Stern- und Denk- und Sprach-Unwirklichkeiten und das dazugehörige Spezialistentum sind, um so härter trifft es ausgerechnet Astrophysiker, Philosophen, Wörterkenner, daß sie die einfachsten Dinge so absolut verschieden sehen und hören und erleben, und je unwichtiger ein strittiges Detail ist, um so erbitterter können sie streiten.

Ich erinnere mich an einen solchen Streit um ein Kleid. Es war ein gelbgestreiftes Kleid gewesen. Es war gelbgestreift, nicht lila. Der Streit fand am Telefon statt. Es war ein Ferngespräch, und wie immer bei solchen Streitereien konnte sich hinterher keiner mehr erinnern, wie es angefangen hatte, und ich konnte sehr gut ertragen, daß es ein unmögliches Kleid gewesen sein sollte, weil Geschmack nicht zur Wirklichkeit zählt, auch wenn es sich um mein Lieblingskleid handelt. Aber nun war es eben gelbgestreift gewesen, und ich wußte es, und er hatte es falsch in Erinnerung, und wenn es um die Wahrheit geht, kann man nicht nachgeben, man kann nicht und darf nicht, und so dachte ich irgendwann, ich verliere jetzt gleich den Verstand. Als später die Telefonrechnung kam, dachte ich es noch einmal.

Es war ein gelbgestreiftes Kleid. Oh doch.

Ich merkte, wie ich nervös wurde, und sagte: Wie ist es dir ergangen?, weil ich dachte, das ist eine harmlose Frage. Er kann erzählen, wie es ihm ergangen ist, und weder ich noch mein Kleid noch sonst ein strittiges Detail kommen darin vor, also ist es allein seine Geschichte, die er so erzählen kann, wie er will, mit oder ohne falsche Details, und alles, was darin vorkommt, ohne daß er es erzählen möchte, läßt er einfach weg.

Aber er sagte: Was für eine Frage.

Darauf hatte es keinen Sinn zu antworten und keinen Sinn, nicht zu antworten.

Ich hätte sagen mögen: Warum, bitte sehr, rufst du an? Aber auch das war so eine Frage. Viele Leute nehmen, wenn sie sich langweilen oder das Fernsehprogramm gerade schlecht ist, ihr Adreßbuch in die Hand und telefonieren sich von vorne nach hinten durch, und im Grunde muß man zugeben, daß es sogar recht praktisch ist, weil man nur den Fernseher leiser stellen muß; man sitzt bequem, und wenn der Film wieder besser wird oder ein neuer, besserer anfängt, hört man mit dem Telefonieren auf und kann wieder rein ins Programm, ohne sich vorher die Haare zu waschen, vor allem ohne sich überlegen zu müssen, ob es hier Kakerlaken gibt, ohne Rösselspringen, ohne in den Stau zu geraten, sogar ohne den Benzingestank in der Tiefgarage riechen zu müssen, bevor man ins Auto steigt. Im Bademantel oder Trainingsanzug. Ohne sich darüber Gedanken machen zu müssen, was man anziehen soll. Ohne sich fragen zu müssen, ob man hier je wieder rauskommt.

Am Telefon entstand eine längere Pause. Ich überlegte, ob der Film vielleicht gerade wieder anfing, besser zu werden, oder was ich sagen könnte.

– Übrigens, störe ich? sagte er nach einer Weile.

Ich sagte: Nein, du störst übrigens nicht, aber sag immerhin, was es gibt. Aber entweder gab es nichts, oder er mochte am Telefon nicht darüber sprechen, jedenfalls sagte er: Ich glaube, wir sollten uns sehen.

Immerhin klang es jetzt nicht wie eine Drohung, sondern eine Spur unsicher.

Draußen fing es an zu schneien, ich konnte es vom Telefon aus sehen, und es war beruhigend.

Nach der kühnen Eröffnung eben war das vielleicht tatsächlich nicht der allertapferste Satz, den ein Mann zu einer Frau sagen kann, die er sehen möchte, aber ich protestierte nicht.

Ich sagte: Na dann.

Ich sagte es, als wären mir inzwischen Stacheln gewachsen. Aber ich tat nur so.

Nach dem Anruf mußte ich nicht mehr so tun. Die paar nichtigen Sätze am Telefon hatten die Angst verscheucht und an ihrer Stelle eine Vertrautheit wieder hervorgeholt, von der ich wußte, daß sie nicht nur trügerisch, sondern die blanke Illusion war, die aber nach einem Menü übermorgen abend verlangte. Aus Gründen des Stils, dachte ich. Meinetwegen, nicht seinetwegen, ach, meinetwegen auch seinetwegen. Während ich mir das Menü ausdachte, mit dem Alberta einen Liebhaber empfangen würde, dämmerten mir die unendlich vielen Abgründe, die auf die beiden warteten, und ich hielt es für ausgemacht unwahrscheinlich, daß meine Nerven stark genug wären, diesen

Abend halbwegs mit Anmut zu überstehen. Ich ging zum Fenster und lehnte meine Stirn dagegen. Der Schnee draußen war wäßrig und würde nicht liegenbleiben.

Am nächsten Tag machte ich mir im Kopf eine Liste all der Sätze, die ich morgen abend unbedingt zu vermeiden hätte. Es waren erstaunlich viele. Es waren selbstverständlich alle Sätze, die sich auf irgend etwas bezogen, das wir gemeinsam erlebt hatten, weil ich nicht gleich wieder streiten wollte. Darüber hinaus waren es aber auch noch alle Sätze, die damit zu tun hatten, was ich ohne ihn erlebt hatte, weil es einen Mann vermutlich kränken muß, daß seine Geliebte ohne ihn etwas erlebt hat. Einen Moment lang dachte ich, vielleicht könnte ich von dem Übersetzer-Symposium in Singen erzählen, bei dem ich kürzlich eingeladen war und mich so fürchterlich gelangweilt hatte, daß wahrlich nichts dabei war, darüber zu erzählen, aber ich verwarf es sofort, weil es mir, gerade wenn ich erwähnen würde, wie langweilig das Symposium gewesen war, gefährlich nah an Understatement zu geraten schien, und wenn ich löge, es wäre sehr interessant gewesen, wäre das Prahlerei. Zu vermeiden war weiter die Frage nach dem, was er erlebt hatte, weil das »Was für eine Frage« war, indiskret und vermutlich einer jener heimtückischen weiblichen Versuche, sich in den Besitz der Vergangenheit eines Mannes zu bringen. Strikt zu vermeiden waren alle Sätze, die mit welcher Form von Zukunft auch immer oder mit Plänen für diese Zukunft zu tun hatten, das lag auf der

Hand. Zweimal klingelte das Telefon in meine Erwägungen hinein. Zuerst waren es die Handwerker, die wegen der Doppelfenster anriefen, weil der Kostenvoranschlag endlich genehmigt worden war, und nun wollten sie wissen, wann sie kommen könnten, und dann die Auftraggeber der technischen Übersetzung, die fragten, ob sie für die nächste Nummer der Zeitschrift mit dem Text rechnen könnten. Ich sagte zuversichtlich: Aber ja doch. Nachher kam mir die Zuversicht reichlich übertrieben vor. Erfahrungsgemäß würde die nächste Zeit eine ganze Reihe von Arbeitsstörungen mit sich bringen. Ich erinnerte mich an geradezu paralytische Zustände in der Vergangenheit.

Danach versuchte ich andersherum eine Liste all der Sätze, die ich sagen könnte, aber den meisten erging es wie dem Symposium in Singen.

Wenn keine Vergangenheit und keine Zukunft in Sätzen vorkommen dürfen, schmilzt das Satz-Angebot merklich dahin, zumal zusätzlich nicht ein Hauch eines Satzes mit irgendwie vertraulichem oder sentimentalem Beiklang fallen durfte, nicht einmal: »Gut siehst du aus«, was im Grunde eine gute, vorsichtige Eröffnung sein könnte, aber nicht im Falle eines Liebhabers, der sofort schlußfolgert, daß dieser Satz bereits seinerseits eine Schlußfolgerung sei und zielgerichtet eifersüchtig nach der Erklärung für ein »Gut-Aussehen« forsche, an dem sicher jemand schuld sein müsse.

Ich unterbrach meine Überlegungen, um in der Markthalle noch rasch die Tauben für die Taubensuppe zu kaufen.

Inzwischen regnete es bloß noch. Morgen würde es Glatteis geben. Der Tag war so hingegangen, und ich mochte lieber nicht darüber nachdenken, wie zuversichtlich ich vorhin die technische Übersetzung hatte zusagen können, wenn ich anschließend nicht daranging, sondern im Kopf Listen machte.

Als ich sie auspackte, waren die Tauben keine Tauben, sondern Wachteln, und während ich am Abend eine Wachtelsuppe erfand, fiel mir ein, daß ich sehr gut über den Plagiatsprozeß gegen Vallot sprechen könnte, der gerade durch die Zeitungen gegangen war und mich in gewisser Weise betraf, jedoch nicht in einer Weise, daß man es prahlerisch nennen könnte, wenn ich davon erzählte. Dann fiel mir ein, daß ich vor vielen Jahren einmal ein Bücherbord entgeistert angestarrt hatte, auf dem neben einiger Fachliteratur noch »Die Schatzinsel«, »Old Surehand I«, »Old Surehand II«, das Grundgesetz sowie die für den Schulunterricht gekürzte Ausgabe des »Hound of Baskerville« gestanden hatten, und ich dachte, ein Gespräch über Vallots Plagiat bietet sich doch vielleicht nicht gerade an und wäre zudem zu heikel.

Irgend etwas Neutrales müßte es sein, aber gerade in diesem besonderen Fall gab es nichts Neutrales, stellte ich fest, nachdem ich in der Zeitung etwas Neutrales gesucht hatte, und in der Zeitung hatte gestanden, daß gerade eben Frauen und Kindern die Kehlen durchgeschnitten werden, während ich Suppe koche und die Ladenöffnungszeiten weiter nicht unumstritten sind, es hatte in der Zeitung gestanden, daß Menschen in Flüsse geworfen werden, daß Menschen in Bussen aus Stadtbildern entfernt werden und daß alles sowieso immer nur simuliert ist und die Welt ein globales Internet-Café; es ist etwas aus der Welt geworden, nachdem wir in unserer Jugend den Frieden nach Vietnam geküßt und seitdem das Küssen eingestellt oder irgendwie anders geregelt haben.

Hoffnungslos, bei der Wachtelsuppe davon zu sprechen.

Beim Kochen war ich aufgeregt wegen morgen abend und merkte, wie ich langsam auch neugierig wurde. Es war eine verrückte Neugier, die nicht systematisch vorging, sondern sprunghaft. Besonders interessierte mich seltsamerweise die Frage, ob er es tatsächlich geschafft hatte, in größerem Ausmaß Steuern zu hinterziehen und ein perfektes Roulette-System zu erfinden. Beides hatte er vor Jahren fest vorgehabt, und er war mit den Berechnungen dazu damals schon so weit gediehen, daß der Nachmittag fast vorbei gewesen war, bis er es mir erklärt hatte, und ich hatte mich sehr über beide Vorhaben gewundert, weil es mir nie in den Kopf gekommen wäre, über Steuerhinterziehung und Roulette überhaupt nachzudenken. Ich hatte sehr spöttisch gesagt: Alle Achtung, vor dir liegt eine große Zukunft. Er hatte erst nichts darauf gesagt und dann: Komisch, eben bin ich einen Augenblick drauf und dran gewesen, dich zu fragen, ob du sie mit mir teilen willst.

Ich hatte gelacht, aber das Lachen hatte nicht ganz richtig geklungen.

Inzwischen lag ein ziemlicher Teil dieser Zukunft hinter uns, und wir hatten sie nicht miteinander geteilt, jedenfalls nicht vom Frühstückstisch an jeden Tag von morgens bis abends, und das war gut so.

Die Frage nach der Steuerhinterziehung und dem Roulette-System interessierte mich mehr als die nach dem Frühstückstisch, von dem ich in gewisser Weise hoffte, daß sich da eine Teilung gefunden hatte, aber natürlich würde ich nicht danach fragen. So wenig wie nach den anderen beiden Sachen.

Nachdem die Suppe fertig war, wußte ich nicht, was ich mit dem offenkundig wahnhaften Gefühl von vollkommener Vertrautheit zu diesem Mann machen sollte. Nach dem bisherigen Stand meiner Überlegungen würde ich nicht einen einzigen Satz zu ihm sagen können. Ich nahm mir ein Glas von dem Grünen Veltliner, den es morgen abend geben würde, legte das Violinkonzert von Mendelssohn auf und versuchte, mir sein Gesicht vorzustellen. Es ging nicht.

Von meinem eigenen vergaß ich inzwischen alle paar Minuten, ob es noch da war, und mußte dauernd ins Badezimmer, um nachzuschauen. Die Katze fing an, mich sonderbar anzusehen, wie ich da so oft zum Spiegel ging, weil ich nicht mehr sicher war, ob ich ich wäre, aber jedesmal war ich tatsächlich ich geblieben, und für kurze Zeit beruhigte es mich, bis mir dann wieder die Zweifel kamen, und natürlich war es lächerlich. Einmal sagte ich streng zu meinem Spiegelbild: Es ist lächerlich und beschämend, in deinem Alter so durchzudrehen, bloß weil du morgen abend einen Liebhaber erwartest. Vielleicht kommt er überhaupt nur, um sich Geld zu borgen, weil er wegen seiner Steuerhinterziehung endlich einmal in Schwierigkeiten geraten ist, oder sein Roulette-System war doch nicht unfehlbar; am Ende kommt er, weil er sich einfach einmal aussprechen möchte, mancher Mensch möchte sich schließlich einmal aussprechen bei jemand, und inzwischen leben wir schon sehr lange in einer Zeit, in der das Aussprechen fast ganz unmöglich geworden ist, das gehört inzwischen mit dazu zu dieser Welt, die sich doch sehr sonderbar entwickelt hat, seit wir knapp über der Altersgrenze waren und spielten, wie Erwachsensein ist, das Erwachsensein war deprimierend wie Nudelsalat und Schrebergarten, und jetzt, wo die meisten, die ich kannte, die Altersgrenze bald doppelt überschritten haben, werden plötzlich alle immer jünger und jünger, und die, die nicht jünger werden, werden einfach nur dicker und dicker. Nur sehr wenige werden tatsächlich weder jünger noch dicker, sondern älter, und die staunen natürlich beim Älterwerden, wie schwierig das Aussprechen geworden ist. Vom Älterwerden werden die Dinge, die ein Aussprechen erfordern, eigentlich nicht weniger, im Gegenteil, sie werden auf ungute Art mehr, sie quellen auf, und es sind Dinge, die sich nicht einfach beruhigen lassen, bloß weil wir einmal den Frieden nach Vietnam geküßt haben und für bewaffneten oder friedlichen Widerstand gegen die Straßenbahnpreise waren; aber selbstverständlich wird das Aussprechen weniger in einer

Welt, in der nicht älter, sondern nur jünger oder dicker geworden wird.

Vielleicht auch, dachte ich dann zögernd, kommt er, weil er einen Rat für seinen Frühstückstisch mit der dazugehörigen Restzukunft möchte. Das wäre mir nicht recht. Mir fielen gleich mehrere Männer ein, die im Bett der Geliebten von dem manischen Zwang überfallen werden, die geheimsten Details ihres Frühstückstischs zu gestehen, auszuplaudern, sagen wir: zu verraten, und mehr als einmal habe ich mir geschworen, einen Liebhaber augenblicklich vor die Tür zu setzen, sobald er in meinem Bett die Rede auf seinen Frühstückstisch bringt, weil ich von den Tragödien nichts wissen möchte, die sich allmorgendlich an so einem Frühstückstisch vollziehen und von diesem Frühstückstisch auf direktem Weg in mein Bett und zum manischen Geständniszwang zu führen scheinen. Sicherheitshalber erneuerte ich meinen Schwur feierlich.

Im übrigen hielt ich dies alles für ziemlich unwahrscheinlich.

Der Grüne Veltliner war noch nicht durchgekühlt. Die Heizung blubberte wie immer, wenn sie kurz davor war, gleich auszufallen, und ich dachte: Das fehlte gerade noch, daß die Heizung gleich ausfällt.

Das zweite Glas ging schon besser, und während Mendelssohns Violinkonzert lief, hätte ich mich beinah entschlossen, die Sache nicht wichtig zu nehmen und einfach auf mich zukommen zu lassen. Ich sagte mir, es gibt richtige Kriege, in denen richtig gemordet, geschlachtet, gestorben

wird, ich dachte an die Frauen und Kinder mit den durch-
geschnittenen Kehlen, an die Übermenge Haß und Mas-
sengräber, und schon ohne die Übermenge Haß, die überall unterwegs ist in dieser dünnen Wirklichkeit, in der fast
nur noch der Haß und der Mord und gewaltsamer Tod
wirklich scheinen und alles Leben wie simuliert, schon
ohne diese Übermenge ist das Leben kompliziert und vor
allem endlich, jeden Tag ist es noch etwas endlicher als am
Vortag, und dieser Gedanke ließ die morgige Sache als eine
doch recht relative Angelegenheit erscheinen, die mit
Wachtelsuppe und der Forelle Müllerin und der Cassis-
Bavaroise anschließend ziemlich gut, fast etwas sehr gut
bedient wäre.

Gerade als ich mich zur Versöhnung entschlossen hatte,
fiel mir unglücklicherweise etwas ein, was ich weiter hinten
im Kopf aufbewahrt hatte und was ich lieber vergessen
hätte, aber nun war es da und tat weh und erinnerte mich
daran, daß Kriege zwischen Männern und Frauen schließlich auch richtige Kriege sind. Als ich jung war, glaubte ich
nicht, daß es richtige Kriege sind, in denen einer den anderen ins Verderben schicken kann, ich staunte, wenn ich in
Büchern von den seltsamen Versehrungen las, die man
durch Liebe davontragen kann, ich wußte nichts von den
Verstümmelungen und Toden, die Männer und Frauen
einander antun können, die Endlichkeit war eine ausge-
machte Sache, die mich manchmal beunruhigte, aber
schließlich lag sie weit weit dahinten in der Nähe der
Unendlichkeit, und die Liebe war in meinem Fall eben eine

danebengegangene Urgeschichte, eine Heuschreckenplage, die gelegentlich über mein Leben herfiel und es
ziemlich wüst aussehen ließ, wenn ich es danach wiederbe-
kam, aber mich selbst, dachte ich, läßt sie doch wohl heil
und unbeschädigt.

Es war ein Anruf, der damit ein für allemal aufräumte.
Ich war nur ein paar Stunden in der Praxis gewesen, der
Eingriff war mir sonderbar unwirklich erschienen, der
freundliche, sachliche Arzt, eine Krankenschwester, die
stumm und konzentriert mit den Instrumenten hantierte,
und dann ein leises Ziehen in den Beinen, seitdem eine
Aversion gegen Staubsaugergeräusche, eine leichte Übelkeit anschließend, gegen die ein Kreislaufmittel verab-
reicht wurde, es half rasch, und einige Stunden Ruhe in
einem kleinen Raum, der hell und freundlich war, auf
dem Tisch stand eine Vase mit Wiesenblumen. Ich dachte,
wie leicht das ging. Ich dachte an all die blutrünstigen Geschichten von Stricknadeln, Kurpfuschern, Hexenprozes-
sen, an all dieses Elend, das seit noch nicht einmal einer
Generation erst überstanden war, und hier sind sie nicht nur
höflich, sondern in Sichtweite steht eine Vase mit Wiesenblumen, und die Krankenschwester ruft gleich ein Taxi.
Vorher kam der Arzt herein, um zu sehen, wie es mir ginge,
und um noch einmal mit mir zu sprechen. Er sagte: Ich
nehme an, daß Sie zu Hause jemanden haben, der sich in
den nächsten Tagen ein bißchen um Sie kümmert. Ich
dachte nach, aber von den Leuten, die ich kannte, konnte

ich mir entweder nicht vorstellen, daß sie sich um mich kümmerten, oder ich wollte das lieber nicht so gern. Der Arzt sagte: Ihre Mutter vielleicht. Oder Ihr Freund oder Mann.

– Meine Mutter lebt nicht hier, sagte ich, und der Arzt sagte mit Nachdruck: Nun, Sie haben das nicht allein gemacht, da war wohl noch jemand zuständig. Ich möchte gern, daß Sie jemand um sich haben.

Ich war überrascht von seiner Fürsorge. Es gab zu der Zeit eigentlich längst keine Fürsorge mehr, vielleicht gab es früher welche, aber ich kann mich daran nicht erinnern, und ich merkte, wie mir vor Rührung die Tränen in die Augen stiegen, aber dann machte ich irgendeine Bemerkung, daß ich das sehr wohl allein schaffen könnte, und bis hierher war es mir leicht erschienen. Sonderbar leicht. Der Arzt legte den Kopf etwas zur Seite und sagte: Sie sollten es nicht leicht nehmen.

Ich nahm es nicht leicht, aber es war etwas, was ich machen mußte, weil ich nicht annehmen konnte, daß jemand, der mich halbiert hatte in eine Alberta, für die er, ohne ihr etwas zu sagen, ohne sie zu fragen, ob sie das überhaupt will, sein Haus gebaut hatte, und in eine Mizzebill, vor der er sich so fürchtete, daß aus der Furcht sehr oft Wut und Ärger und Streit um die Wirklichkeit und Migräne wurden, daß so jemand, auch wenn ich ihn lebenslang liebte, selbst wenn er mich lebenslang liebte, obwohl er die Hälfte an mir nicht leiden konnte, für die andere lebenslange Sache richtig und geeignet wäre, selbst wenn ich mir das gewünscht hätte, aber es war einfach nicht realistisch, auf so einen Wunsch drauflos die Lage komplett zu verkennen. Und für mich selbst konnte ich zwar sorgen, aber ich dachte, es reicht nicht, allein für zwei.

So hatte ich es dem Arzt gesagt, und jetzt wollte er, daß sich jemand um mich kümmerte. Mir standen die Tränen in den Augen, und ich sagte: Keine Sorge, das schaffe ich schon allein.

Der Arzt gab mir seine private Telefonnummer und sagte, daß ich ihn jederzeit Tag und Nacht anrufen könnte, wenn etwas wäre, und dann sagte er: Ich meine, mit der Seele.

Als es mit der Seele losging, war es ausgerechnet gegen Abend. Es war ein warmer Frühsommerabend, an dem es erst sehr spät dämmerte. Die Vallot-Übersetzung ging nur zäh voran, und ich arbeitete oft bis weit in den Abend, manchmal nachts. Ich machte die grüne Schreibtischlampe an, sobald die Sommerdämmerung anfing und die Sterne durchkamen, und an so einem Abend ging es mit der Seele los. Es erschien mir zu spät für einen Anruf beim Arzt, und es war sonst ja auch alles in Ordnung, und was hätte der Arzt dazu sagen können. Außerdem bereute ich die Entscheidung natürlich nicht. Ein Gedanke, der vorher richtig ist, wird ja nachher nicht falsch. Ich brauchte einen Augenblick, um herauszufinden, was genau es in der Seele war. Weder wollte ich mit jemandem sprechen, weil es in der Sache nichts zu sagen gab. Noch war es sentimental, noch das heulende Elend, nichts von dem.

Ich wollte, Nadan wäre da. Sonst nichts. Nur seine Anwesenheit. Kein Sprechen, Sprechen würde vielleicht zu schwierig in dieser Sache, für die er mich vor nicht langer Zeit mit drei Kinderzimmern erschreckt hatte, und gerade in dieser Sache war jegliches Übersetzen vom einen zum andern bewiesenermaßen unmöglich.

Aber ich dachte, wenn er einfach bloß da wäre, täte es mir in der Seele gut; wir könnten ein paar Schritte durch die Sommernacht gehen, und vielleicht wäre ich danach zwar immer noch so traurig über all das Unzulängliche an uns, an mir, an allem Leben, aber das wäre nicht mehr so schlimm, weil die Traurigkeit durch seine Anwesenheit irgendwie anders eingefärbt würde. So ungefähr stellte ich mir das vor.

Ich dachte: Ich bitte ihn einfach. Er holt sein Auto aus der Tiefgarage, und in zwanzig Minuten ist er hier.

Bitten sind zwischen einem Mann und einer Frau ein Terrain, das man lieber weiträumig umgehen sollte, weil es vermintes Gelände ist, und ganz besonders voller Minen ist das Gelände, wenn es nicht so schwierige Bitten sind. Gerade die leicht erfüllbaren Bitten enthalten womöglich die größte Menge an Dynamit. Es ist für einen Mann möglicherweise ein leichtes, mit einem zwanziggängigen Fahrrad die Alpen hoch- und runterzufahren oder bis zum Nordpol zu wandern, aber sobald ihn eine Frau, die er liebt, darum bittet, um sieben Uhr anzurufen, rückt dieser Anruf aus dem Bereich des Machbaren ins Unmögliche. Es ist, wenn man bedenkt, wie leicht es einzusetzen ist und wie andauernd es überall eingesetzt wird, eines der interessantesten Kampfmittel, das, wenn es häufig eingesetzt wird, buchstäblich vernichtend sein kann, weil es den anderen zum Nichts macht.

Ich rief an.

Das prompte »Nein« war nicht das Schlimmste an seiner Antwort. Das Schlimmste war die alles durchdringende eisige kalte Gleichgültigkeit, die danach ein paar Jahre lang Zeit hatte, den Gedanken physisch werden zu lassen, daß es richtige Kriege sind, die da geführt werden. Wirkliche.

Ich wußte plötzlich nicht mehr, wie man einen Liebhaber empfängt.

Es war mehr als ein stilistisches Problem.

Es war nicht zu bewältigen mit der Frage: Wie findest du eigentlich Brahms?

Als ich das nächste Mal zum Spiegel lief, hatte ich mir die Lippe zerbissen und sah mir nur noch recht entfernt ähnlich.

Ich merkte, wie das Leben im Begriff war, sich wieder einmal zu verschlucken, das Mendelssohn-Violinkonzert würde ewig dauern, und ich würde nie mehr aus der Angst auftauchen können. Ich kroch zitternd ins Bett und sah zu, wie der Mond neblig hinter den regennassen Pappeln aufstieg. Es war ein ganz dünner Mond. Er hing seltsam schief in den Bäumen, als wäre er falsch befestigt.

Am nächsten Tag verstand ich immer noch nichts von den nichtreziproken Reflexionen in der Voigt-Geometrie, konnte den Text aber immerhin übersetzen und schöpfte Hoffnung für den Abend. Es ist sonderbar, an wie viele Dinge man – außer ans Haarewaschen – denken muß, wenn am Abend ein Liebhaber kommt. Man muß Staub saugen, Blumen kaufen und in Vasen stellen, die Fenster putzen, die Bettwäsche wechseln und bei der Gelegenheit feststellen, daß die artig geblümte pastellfarbene Bettwäsche unpassend ist, weil man schließlich kein junges Mädchen mehr ist, sondern eine erwachsene Frau, die dunkelblaue Satinwäsche hat einen unerklärlichen Stockfleck, der nicht rausgeht, also muß neue Bettwäsche herbei. Ich kaufte dann zu den beiden Forellen gleich noch eine Teflon-Pfanne, weil ich dachte, in meiner eisernen Pfanne setzen die Fische an, und dann ging die Bavaroise natürlich daneben. Bavaroise geht immer daneben, auch wenn man die doppelte Menge Gelatine nimmt, und ich ärgerte mich über mich selbst, weil ich es hätte wissen müssen.

Ich ärgerte mich womöglich noch mehr darüber, daß einer erwachsenen Person so etwas Demütigendes wie die Liebe immer wieder ins Leben gerät, wo sie seit Jahren doch weiß, es geht wieder und wieder daneben. Das Wissen hat nicht geholfen, die Bavaroise war verpfuscht, und als es schließlich klingelte, waren meine Haare noch nicht trocken, und ich hatte noch Pantoffeln an.

Ich weiß nicht warum, aber als es klingelte, dachte ich: Das ist ja doch alles nicht echt. Das Echte kommt erst noch, irgendwann einmal fängt es an, und dies ist nur ein Präludium dazu, dies ist jetzt alles nur zum Üben für wenn es dann richtig losgeht. Ich weiß nicht, ob das immer schon so war, daß die Menschen so wenig vom Leben verstanden haben wie heute, oder ob das mit der simulierten Wirklichkeit erst in den letzten Jahren kam.

Ich hörte die bekannten Schritte auf der Treppe, und dies war wie im Traum, und irgendwann würde ich aufwachen, und dann erst finge es an. Es war kein angenehmer Traum, er erinnerte mich finster an Kindheit und Prügel, er erinnerte mich daran, daß ich während der Prügel immer gedacht hatte, das ist nicht echt, das meint dich ja gar nicht, wenn der Teppichklopfer nicht aufhören wollte, das kann dich doch gar nicht meinen, sie haben dich doch lieb. Du bist doch ihr Kind, also träumst du das nur. Ein unangenehmer Traum, aber ich mußte durch, um irgendwann aufwachen zu können, und manchmal, wenn die Kinder in der Wohnung unter mir so schrien, wünschte ich ihnen dann doch diesen Traum wenigstens.

Der Bart machte ihm das Gesicht zu. Man würde die Migräne nicht mehr am Mund sehen können. Natürlich hatte er keine Blumen mitgebracht, nur einen nassen Regenschirm, von dem ich nicht wußte, wo ich ihn lassen soll, weil ich keinen Regenschirm habe.

Er sagte mit größter Selbstverständlichkeit: Da bin ich.

Ich sagte: Na dann.

Küssen konnten wir inzwischen beide, aber der Bart störte.

Das Rasierwasser kannte ich wieder.

Dann sagte er: Ich müßte mal telefonieren.

Als er ins Zimmer kam, in dem das Telefon stand, sagte er: So lebst du jetzt also.

– Ja, sagte ich, so lebt sie hin, und er sagte: Ich hätte nie gedacht, daß eine Mizzebill älter als dreißig werden kann. Er sagte es so sanft, daß ich gleich wußte, heute sollte ich sehr sehr wachsam sein. Mißtrauisch.

Während er telefonierte, setzte ich die Wachtelsuppe auf und mehlte die beiden Forellen.

Er telefonierte eine Viertelstunde und kam dann in die Küche rüber.

Er sagte: Der Wagen muß morgen zur Reparatur, und meine Frau fährt nicht mehr, sie ist hochschwanger.

Ich dachte: Wie gut, daß er gleich davon anfängt. Lieber ein Tischgespräch über die schwangere Frau als das Thema nachher im Bett zu haben. Ich dachte an meinen feierlichen Schwur gestern, aber die Suppe war fertig, und es gibt keinen Grund, einen Mann vor die Tür zu setzen, weil er zur Suppe mit einer hochschwangeren Frau herauskommt, wo sie jedenfalls eher hinpaßt als in mein Bett. Ich sagte: Herzlichen Glückwunsch, und er sagte: Du mußt nicht gleich zynisch werden.

Er sah müde aus. Er sagte: Das letzte war eine Frühgeburt, und ich sagte: Das tut mir leid.

Schließlich zog ich mir die richtigen Schuhe an, und wir fingen an zu essen.

Er sagte: Du machst dir keine Vorstellung davon, und ich sagte: Nein, wie auch.

– Nun sei doch nicht gleich empfindlich, sagte er und setzte hinzu: Es war einfach an der Zeit, eine Familie zu gründen, und ich sagte: Aber ich bitte dich. Ich mochte den resignierten Ton nicht, in dem er das gesagt hatte. Ich mochte den ganzen Satz nicht.

Dann sprachen wir zum Glück darüber, daß die Universitäten kein Geld mehr haben, um Sternforschung betreiben zu können, was zwar auch betrüblich ist, weil deshalb die gesamte Sternforschung des Landes brachliegt oder schleunigst das Land verläßt, aber es war wenigstens nicht privat, wir sprachen über den Zustand des Landes und den des Himmels, der betrübt und undurchsichtig genug, geradezu dreckig ist und gewissermaßen jede Sternforschung inzwischen erübrigt, obwohl es noch zwei Stellen geben muß, an denen sie dennoch möglich ist, an allen anderen Universitäten muß man sich längst mit Kleinkram, Dozentur und Grundkursen begnügen und wird nie in die Nähe der Sterne kommen, und ich dachte daran, wie wir an einem anderen Küchentisch vor vielen Jahren die Erhöhung der Straßenbahnpreise besprochen hatten, die Frage des friedlichen oder bewaffneten Widerstands hatte sich seither ebenfalls längst erübrigt, ich sah vor mir die Wachstuchdecke mit den fünf Osterglocken, die Rudi und ich aus dem Park geklaut und dann mitgebracht hatten, und den traurigen Küchentisch mit der gemeinsamen Zukunft, vor der sich alle so fürchteten, bis hin zum friedlichen und bewaffneten Widerstand gegen diese Zukunft.

Jeder in seinem Film, und jeder in einem anderen.

Ich hörte den Satz: Mir kommt es so vor, als ob ich die meiste Zeit mit der falschen Frau im falschen Bett liegen würde.

Ich hörte die Stimme, die mir in einem Hotelzimmer eine andere Zukunft ausgemalt hatte, eine Zukunft, in der ich mich mit einem kleinen Zweitwagen zu Supermärkten fahren sah, um Schweinehälften zum Sonderangebotspreis zu kaufen und tiefzufrieren, und Zehnerpackungen Nudeln, Waschpulver, H-Milch, und auch vor der Zukunft hatte es mich geschaudert wie kurz danach vor der tatsächlichen H-Milch, die umgekippt war und ekelhaft bitter, und schließlich dachte ich an eine dritte Zukunft, die ein Eingriff verhindert hatte, und jetzt war da also noch eine vierte Zukunft in einem Haus, weil es Zeit gewesen war, eine Familie zu gründen.

Meine eigene gefiel mir gar nicht so übel.

Ich sagte: Ich hoffe, die Suppe schmeckt, und er sagte: Ausgezeichnet, was ist es? Ich sagte: Es hätte Taubensuppe sein sollen, ist aber versehentlich Wachtelsuppe geworden, und er sagte, halb erschrocken und halb bewundernd: Was du so alles ißt, bei uns gibt es alle Tage Nudeln. Nudeln mit Tomatensoße, Nudeln mit Broccoli, Nudelauflauf. Die Blagen essen einfach nichts anderes. Alles andere spucken sie aus.

Ich sagte: So genau wollte ich es gar nicht wissen, aber die Nudelsorten setzten weitere häusliche Konfessionen in Gang und riefen mir eine Krawatte mit kleinen grünen Elefanten in Erinnerung, weil ich fand, daß sie dazu paßten.

Das Doppelleben ist so alt wie die Welt, dachte ich, machte den Salat an und legte die Forellen in die Pfanne.

– Du rauchst immer noch, sagte er.

Ich rauchte immer noch.

– Das grenzt ja schon an Charakter, sagte er, heute noch zu rauchen.

Meine Aufregung hatte sich inzwischen gelegt, und die Enttäuschung hatte eingesetzt.

Es ist immer aufs neue erstaunlich, finde ich, was für eine normale und alltägliche Sache Enttäuschung ist. Sogar wenn man sich überhaupt keine Illusionen über gar nichts macht und also annehmen müßte, daß man enttäuschungsgefeit und -gesichert ist, erwischt sie einen doch immer wieder, und ich dachte, es ist vielleicht ganz gut, daß sie einen immer wieder und wieder erwischen kann, weil man ja immer weitergehen muß, und wenn man immer weitergeht, passiert normalerweise etwas Enttäuschendes, aber man kann ja nicht einfach nicht mehr weitergehen und nur noch sitzen- und liegenbleiben, bloß um Enttäuschungen zu vermeiden, also lebt man.

Mir war ganz behaglich bei dem Gedanken, aber das lag vermutlich mehr an dem Grünen Veltliner als an dem Gedanken.

Die Teflon-Pfanne jedenfalls war keine Enttäuschung.

Ich hatte noch eine Flasche Marc. Zum Kaffee tranken wir ein Glas, und ich muß mit meinen Gedanken irgendwo unterwegs gewesen sein in unseren verschiedenen Filmen

und Glücksentwürfen, es trudelten mir sonderbare Formu-
lierungen durch den Kopf, von denen ich nicht wußte, ob
sie in meinem Leben oder eben doch nur in einem Film
vorgekommen waren. Mir war, ich hätte einmal in einem
großen leeren Haus gestanden und den Satz gehört: Weißt
du, ich möchte dich glücklich machen. Der Satz war mir
absurd erschienen. Ich hatte entgeistert gesagt: Aber was,
um Himmels willen, hat das mit Glück zu tun.

Ich muß einen Augenblick unaufmerksam gewesen sein
und verstrickt in meine Entgeisterung darüber, daß ein
Mensch einem anderen zu sagen imstande ist: Ich möchte
dich glücklich machen.

In diesem Augenblick merkte ich, wie eine schmale, sehr
kühle Hand sich weich und verführerisch auf meine legte.
Ich dachte: Stimmt ja, Alberta empfängt einen Liebhaber.

Der Liebhaber mußte schon einen Moment gesprochen
haben und sagte soeben: Ach weißt du, natürlich liebe ich
meine Frau.

Es war zu spät, mir die Ohren zuzuhalten.

Aber schwangere Frauen sind für einen Mann nicht ganz
einfach, sagte er weiter, und ich dachte: So wird es wohl
sein.

Dann schien mir, es sei nun die Zeit für den feierlichen
Schwur gestern abend gekommen. Ich sagte: Es ist spät,
und der Wagen muß morgen zur Reparatur.

Die Tür ganz leise schließen.

Epilog

Ich schrieb »Alberta empfängt einen Liebhaber« darüber, und als Jean-Philippe das nächste Mal nach T. kam, gab ich es ihm zu lesen. Es war Vorfrühling, ein ganz warmer leuchtender tiefblauer Nachmittag, Elises Osterglocken und Primeln blühten, und sie machte sich im Garten mit den Erbsen zu schaffen, Cécile spielte im Hof mit der Katze, die überflüssige Pergola war fertig geworden und mußte nur noch gestrichen werden. Jean-Philippes Vater ging mit grimmigem Gesicht herum und war unzufrieden mit seinem Sohn, der weder von Weinbergen noch vom Leben etwas verstand.

Jean-Philippe las, dann kam er lachend heraus und sagte gutgelaunt und ironisch: Madame, meine Hochachtung.

Ich lachte auch und sagte: Monsieur, heute abend bringen Sie mal Ihre Tochter ins Bett.

Ein Sommer im Languedoc, der alles verändert

Birgit Vanderbeke

Der Sommer der Wildschweine

Roman

Piper Taschenbuch, 160 Seiten
€ 12,00 [D], € 12,40 [A]*
ISBN 978-3-492-30559-4

Milan und Leo machen Ferien. Zum ersten Mal seit ewig. Durch die Wirtschaftskrise sind sie mit einem blauen Auge gekommen, und allmählich haben sie sich wieder daran gewöhnt, »am Leben zu sein«. Sie mieten in dem südfranzösischen Örtchen Fontarèche ein Haus – doch auch dort holt sie die Welt ein, die sie für ein paar Wochen hinter sich lassen wollten. – Ein Roman voller Leidenschaft, Furor und klugen Beobachtungen.

PIPER

Leseproben, E-Books und mehr unter www.piper.de

»Mitreißend – und bevölkert von liebenswert eigensinnigem Personal.«

*Cover- und Preisänderungen vorbehalten

Hier reinlesen!

Birgit Vanderbeke

Die Frau mit dem Hund

Roman

Piper Taschenbuch, 160 Seiten
€ 8,99 [D], € 9,30 [A]*
ISBN 978-3-492-30404-7

Als Pola, die Frau mit dem Hund, eines Tages vor Jule Tenbrocks Wohnungstür im siebten Distrikt auftaucht, bringt sie neben Jules geordnetem Alltag vor allem ihre Seelenruhe aus dem Gleichgewicht. Denn Pola ist schwanger, und das ist in Jules Welt nicht vorgesehen. Aber vielleicht weiß ihr eigenwilliger Nachbar Timon Abramowski ja einen Ausweg.

PIPER

Leseproben, E-Books und mehr unter www.piper.de

Ein Klassiker
zeitgenössischer Literatur

Birgit Vanderbeke

Das Muschelessen

Erzählungen

Piper Taschenbuch, 128 Seiten
€ 10,00 [D], € 10,30 [A]*
ISBN 978-3-492-27400-5

Angespannt wartet die Familie am gedeckten Tisch auf den
Vater. Mutter, Tochter und Sohn sitzen vor einem Berg Mu-
scheln, die allein das Oberhaupt der Familie gerne isst. Um
die zähe Wartezeit zu überbrücken, beginnen sie miteinander
zu reden. Je mehr sich der Vater verspätet, desto offener wird
das Gespräch, desto umbarmherziger der Blick auf den auto-
ritären Patriarchen und desto tiefer der Riss, der die schein-
bare Familienidylle schließlich zu zerstören droht.

PIPER

Leseproben, E-Books und mehr unter www.piper.de

»Thommie Bayers Romane trösten. Balsam für die Seele.«

Thommie Bayer

Das innere Ausland

Roman

Piper Taschenbuch, 176 Seiten
€ 11,00 [D], € 11,40 [A]*
ISBN 978-3-492-31470-1

Nach dem Tod seiner Schwester Nina hat sich Andreas Voll-
mann auf ein Dasein in stiller Abgeschiedenheit eingerichtet.
Aber das Leben ist noch nicht fertig mit ihm – denn eines
Tages steht Ninas Tochter vor seinem Haus in Südfrankreich.
Eine Tochter, von der er nicht wusste. Mit der fremden Frau
ändert sich Andreas' Blick zurück auf sein Leben ebenso wie
der nach vorn – und er erkennt, dass ihm eine unverhoffte
Chance geboten wird.

PIPER

Leseproben, E-Books und mehr unter **www.piper.de**

Ein aberwitziger literarischer Agentenroman

Hier reinlesen!

Heinrich Steinfest

Das Leben und Sterben der Flugzeuge

Roman

Piper Taschenbuch, 608 Seiten
€ 12,00 [D], € 12,40 [A]*
ISBN 978-3-492-31030-7

Kommissar Blind führt ein Doppelleben. Aber weil er eine der wunderbaren Welten von Heinrich Steinfest bewohnt, führt er dieses auf eher ungewöhnliche Weise, nämlich als Spatz in Paris … »Heinrich Steinfest ist bekannt für seine Romane, in denen Wahrscheinliches und Unwahrscheinliches, Reales und Fantastisches aufeinanderprallen … mit großer Freude am unterhaltenden Erzählen, überraschenden Einfällen und originellem Humor.« FAZ

PIPER

Leseproben, E-Books und mehr unter www.piper.de